Un fleuve de sang

Données de catalogage avant publication (Canada)

Villeneuve, Michel, 1955-
    Un fleuve de sang
    (Collection Atout ; 98-99)
    Pour les jeunes de 13 ans et plus.
    ISBN 2-89428-768-2

I. Titre. II. Collection : Atout ; 98-99.

PS8593.I428F53 2005   jC843'.6 C2004-942198-0
PS9593.I428F53 2005

Les Éditions Hurtubise HMH bénéficient du soutien financier des
institutions suivantes pour leurs activités d'édition :

– Conseil des Arts du Canada ;
– Gouvernement du Canada par l'entremise du Programme
  d'aide au développement de l'industrie de l'édition (PADIÉ) ;
– Société de développement des entreprises culturelles du
  Québec (SODEC) ;
– Gouvernement du Québec par l'entremise du programme de
  crédit d'impôt pour l'édition de livres.

Éditrice jeunesse : **Nathalie Savaria**
Conception graphique : **Nicole Morisset**
Illustration de la couverture : **Stéphane Jorisch**
Mise en page : **Folio infographie**

© Copyright 2005
Éditions Hurtubise HMH ltée
Téléphone : (514) 523-1523 • Télécopieur : (514) 523-9969
www.hurtubisehmh.com

Distribution en France
Librairie du Québec/D.N.M.
Téléphone : 01 43 54 49 02 • Télécopieur : 01 43 54 39 15
Courriel : liquebec@noos.fr

Dépôt légal/1er trimestre 2005
Bibliothèque nationale du Québec
Bibliothèque nationale du Canada

Imprimé au Canada

Michel Villeneuve

Un fleuve de sang

Collection **ATOUT**

Ne cherchez pas la Côte-des-Palmes sur une carte du monde. **Michel Villeneuve** l'a imaginée de toutes pièces pour les besoins d'*Un fleuve de sang*, son deuxième roman publié aux Éditions Hurtubise HMH. « La littérature est un jeu, dit-il. Et l'un des aspects de ce jeu qui m'a le plus intéressé, c'est de créer un monde vraisemblable autour de personnages imaginaires. J'ai trouvé fascinant de pouvoir inventer un pays au complet, avec sa toponymie, son histoire, sa structure sociale. »
Le temps qu'il ne prend pas pour écrire, Michel le partage entre sa famille et son métier de libraire.

1

CHEZ JEFF ET JO

Le policier qui me précède dans le couloir encombré de classeurs et de plantes vertes s'arrête devant la porte d'un bureau et m'invite à y pénétrer. Personne dans la pièce.

Il me désigne une chaise, sur laquelle je m'assois, résigné. Une porte s'ouvre plus loin. Une voix féminine s'exclame: «Comment voulez-vous que je le sache?» La porte se referme dans un claquement sec.

Mon patron, Jeff, passe en coup de vent dans le corridor, l'air soucieux, les bras chargés d'une pile de documents. Une secrétaire s'active devant un photocopieur dans le bureau voisin. Des scènes presque normales, si ce n'est quelques détails: aucun éclat de rire, pas de discussions animées au téléphone. Une atmosphère de crainte et de suspicion règne dans les locaux des Importations Jeff et Jo où je me suis trouvé un travail d'été.

Le policier referme la porte et s'installe en face de moi, de l'autre côté du bureau.

— Vous pouvez me dire ce qui se passe?

Il m'adresse un vague sourire et, sans répondre, se choisit un stylo dans le porte-crayons posé devant lui.

Nous sommes dans le bureau de monsieur Beausoleil, mon superviseur immédiat. Un homme qui interdit qu'on fouille dans ses affaires ou qu'on les emprunte sans son accord. Un homme qui interdit qu'on entre dans son bureau quand il n'y est pas. Et, finalement, un homme qui me déteste.

Le policier a déjà transgressé toutes ces règles. Si monsieur Beausoleil voit ça, c'est moi, sans aucun doute possible, qui écoperai.

Je continue à prendre mon mal en patience, n'ayant de toute façon aucun contrôle sur les événements. Je suis venu travailler, ce vendredi matin, comme tous les matins cet été. Au lieu du train-train habituel auquel je m'attendais, j'ai découvert des policiers en armes surveillant toutes les issues, mon lieu de travail transformé en place forte et les bureaux reconvertis en salles d'interrogatoire.

Dès mon arrivée, j'ai été pris en charge par ce policier. Je n'ai pu parler à personne. À peine ai-je eu le temps d'entrevoir les autres membres du personnel isolés dans la salle de conférence, chacun attendant son tour d'être questionné.

Pourquoi ne suis-je pas avec eux? Qu'est-ce qui me vaut le douteux honneur d'être interrogé en priorité? Et par un policier muet, en plus?

— Dites, est-ce que je dois utiliser le langage des signes pour communiquer avec vous?

Le policier, qui écrit sur son bloc-notes depuis quelques instants, redresse la tête.

— Pardon! Je me présente. Lieutenant-détective Maurice Boiteau de la police de Québec.

— Alexandre Gauthier, lui dis-je, me présentant à mon tour.

— Oui, je sais. L'adresse et le numéro de téléphone qui sont inscrits ici sont toujours bons? me demande-t-il en me tendant une feuille.

— Oui.

— Tu habites là depuis…?

— J'ai emménagé au début de juillet.

— Et tu travailles chez Importations Jeff et Jo depuis longtemps?

— La mi-juin.

— Comment as-tu obtenu ce travail?

— Par le service de placement étudiant du cégep.

Il extirpe d'une pile de documents une feuille qu'il me tend.

— Que peux-tu me dire au sujet de ça ?

Je n'ai pas besoin d'examiner la feuille bien longtemps pour savoir ce que c'est. J'en vois passer des pareilles plusieurs fois par jour.

— C'est un formulaire à l'usage des douanes.

— Comment expliques-tu la présence de ta signature sur ce document ?

— Ça fait partie de mes fonctions ici. Je dois vérifier que tous les renseignements concordent : ceux sur le bon de commande, sur le bordereau de livraison, sur le reçu du transporteur. Vous ne pouvez pas vous imaginer toute la paperasse qu'il faut pour importer ici ces machins.

— Et ensuite ?

— J'appose mes initiales et je remets le tout à monsieur Beausoleil, qui l'envoie au service des douanes.

— Et, au fait, c'est quoi, ces machins ?

— C'est écrit sur le papier.

— « PARAS. DÉC. BOTROP. ASS. 938747-339 », lit-il en consultant le document. Qu'est-ce que ça veut dire en français ?

— Ce sont des parasols décoratifs pour boissons tropicales, de couleurs assorties. Et le numéro est une référence dans le catalogue du fournisseur.

— Des parasols tropicaux… je vois… déclare le lieutenant Boiteau, l'air de quelqu'un qui n'y voit rien, justement.

— Vous savez, dis-je, les petits parasols en papier qui garnissent votre verre, qui vous empêchent de boire votre *piña colada* et qu'on ne sait jamais où mettre.

Je crois avoir épuisé le sujet des décorations pour boissons tropicales, quand le lieutenant me montre, sur le document, la ligne suivante.

— Si je comprends bien, il y en a trois mille.

— Trois mille caisses, c'est ça.

— Et les Importations Jeff et Jo, si je comprends toujours bien, revendent ces parasols aux bars, aux hôtels, aux restaurants…

— En gros, c'est ça.

— Et ça, c'est quoi? demande-t-il en me présentant un autre document.

Je lis: CÉRAM. DÉC. - ÉCHANT.

— C'est pourtant limpide, dis-je. Il s'agit d'échantillons de céramique décorative.

— Et il n'y en a qu'une caisse?

— C'est un nouveau produit. Le fournisseur nous envoie ces échantillons pour que nous puissions voir s'il y a une demande pour ça, par ici. Ce sont des poteries blanches non émaillées, que les gens achètent pour les décorer eux-mêmes.

— Et ça se vend bien?

— On ne sait pas encore…

— Bon, murmure entre ses dents le lieutenant. Des parasols miniatures et des poteries pas décorées, ça ne nous mène pas bien loin, tout ça. Et ces caisses, d'où viennent-elles?

— De la Côte-des-Palmes, dis-je après consultation du document. C'est une île, près d'Haïti, je crois.

— Et les caisses arrivent par bateau?

— Elles sont placées dans un conteneur et expédiées ici par bateau. Mais dites-moi, lieutenant, si ce n'est pas trop indiscret, pourquoi ce chargement vous intéresse-t-il? Quelqu'un l'a-t-il volé?

Sans répondre à ma question, le policier remet le document à sa place dans la pile et griffonne quelques notes.

— Au fait, dit-il, qu'est-ce que tu étudies au cégep?

— L'informatique. C'est d'ailleurs ça qui m'a permis d'obtenir cet emploi d'été. Je connais bien le logiciel de base de données qu'ils utilisent ici. Comme je dois consulter l'ordinateur assez souvent…

— Tu me ferais une démonstration? demande le lieutenant, en allumant le poste qui se trouve à côté de lui.

— Pas sur cet appareil-là. C'est celui de monsieur Beausoleil et il ne veut pas que quelqu'un d'autre que lui s'en serve.

— Ne t'en fais pas pour ça, répond le policier en me lançant un regard sévère. Nous avons toutes les autorisations nécessaires. La perquisition de vos locaux est déjà commencée. Tous vos ordinateurs vont être examinés par des experts de la police. Mais ça nous ferait gagner du temps si tu coopérais.

— Dites-moi au moins ce que vous cherchez. Je vais bien finir par le savoir un jour, de toute façon.

Le lieutenant se cale un peu sur sa chaise et me regarde, l'air étonné.

— Alors, c'est vrai ? Tu ne sais rien ? Pourtant, des renseignements ont déjà été transmis à la presse, tous les réseaux de télé en ont parlé au moins un peu, ce matin.

— Je ne suis pas vraiment installé dans mon nouvel appartement. Même mes vêtements sont encore dans des cartons. La plupart de mes meubles sont entreposés chez mes parents, à Baie-Saint-Paul, y compris ma télé… Alors, c'est quoi, le grand secret ?

Avec précaution, comme si chacune de ses paroles pouvait lui exploser au visage, le lieutenant commence à parler.

— Le chargement est bien arrivé au port de Québec. Seulement, à travers les boîtes de parasols, il y avait des immigrants illégaux. Quinze.

Le policier se tord les mains l'une dans l'autre, hésite, cherche ses mots, ne les trouve pas. Comme si ce qu'il avait à décrire appartenait au domaine de l'indescriptible.

— En résumé, poursuit-il, nous pensons qu'ils n'ont pas pu pénétrer dans ce conteneur et arriver jusqu'à Québec sans bénéficier de l'aide d'un complice chez l'importateur, c'est-à-dire ici. Alors, cet ordinateur, tu veux bien me montrer comment il fonctionne ?

Au bout d'une demi-heure, on frappe à la porte. Le lieutenant, absorbé par la visite guidée que je lui fais faire du système informatique des Importations Jeff et Jo, semble agacé par ce contretemps.

— Qu'est-ce qu'il y a ? aboie-t-il.

Un policier ouvre la porte timidement. Monsieur Beausoleil se tient derrière lui. Il devient écarlate quand il nous voit, le lieutenant et moi, devant son appareil ouvert.

— Je voulais savoir où je dois l'installer, celui-là, s'informe le policier. Les autres bureaux sont tous occupés.

— Fais-le attendre quelques minutes, répond le lieutenant Boiteau. J'en ai presque fini avec le jeune.

C'en est trop pour monsieur Beausoleil qui explose :

— Qu'est-ce que vous faites là ? C'est mon bureau, mon ordinateur ! Vous n'avez pas le droit…

Le policier et le lieutenant Boiteau tentent de le calmer, lui montrant même le mandat de perquisition qu'ils ont en leur possession. C'est Jeff, attiré par les cris, qui finit par le raisonner.

— Voyons, Roger, lui dit-il. On est assez dans le trouble comme ça, ce n'est pas le moment d'en rajouter.

Monsieur Beausoleil est ramené dans la salle de réunion, encadré par le policier et Jeff qui continuent à l'inciter au calme. Le lieutenant Boiteau se tourne vers moi.

— Bon ! De toute façon, j'ai pris assez de notes pour comprendre comment fonctionne votre système. Nos spécialistes vont s'occuper du reste. J'ai deux choses à te demander. Primo, reste à notre disposition. Tu n'avais pas de voyage à l'étranger en vue, j'imagine ?

— Non.

— Bien ! Deuzio, ne parle pas aux journalistes. Il y en a sûrement quelques-uns qui attendent dehors. C'est nous qui leur parlerons. Je peux te faire raccompagner chez toi par un policier, si tu préfères.

— Non, merci, ça va aller.

— Si quelque chose te revient en mémoire, même si ça te semble peu important, c'est moi que tu dois appeler. Voici ma carte. Et merci pour ta collaboration. Tu nous as fait gagner beaucoup de temps.

Sur ces mots, il m'indique la sortie. Dans le corridor, je croise Jeff.

— Je tiens à m'excuser pour tout à l'heure, lui dis-je. Je ne voulais pas fouiller dans l'ordinateur de monsieur Beausoleil, mais le lieutenant Boiteau ne m'a pas vraiment laissé le choix.

— Tu as bien fait. On doit montrer aux policiers qu'on n'a rien à cacher. Roger n'aime pas qu'on touche à ses affaires, mais là, les circonstances sont assez... disons, exceptionnelles.

Comme c'est lui le patron, après tout, je lui demande quelles sont ses instructions. Ma question doit nécessiter un grand effort de concentration, car il retire ses lunettes et entreprend de se masser le front de sa main libre.

— Prends ta journée, finit-il par dire.

— Dois-je venir travailler lundi ?

— Ouais, peut-être... Je ne sais pas... On t'appellera.

Sa journée de travail est foutue et il le sait. Pour ma part, un jour de congé supplémentaire fait mon affaire. À l'accueil, Josée, notre réceptionniste, ne répond pas à mon «au revoir», trop occupée à expliquer à un client au téléphone que des «circonstances exceptionnelles» obligent Jeff et Jo à reporter tous leurs rendez-vous au lundi suivant. Au moment où je m'apprête à quitter les lieux, une voix retentit derrière moi.

— Attends-moi, Alex.

2

L'HOMME DE PORT-LIBERTÉ

C'est Annie, l'assistante de Jeff. Elle semble bouleversée.

— Je ne veux pas sortir toute seule, lance-t-elle. Il paraît que c'est plein de journalistes dehors. C'est horrible ce qui arrive. Tous ces gens dans le conteneur... dans notre conteneur, en plus !

— Bof, dis-je. Ils vont commencer par demander l'asile politique, je présume. Ensuite, on les retournera dans leur pays.

— Tu as un sens de l'humour plutôt bizarre, toi, me répond Annie en me regardant d'un drôle d'air. Dis, j'ai besoin d'un remontant. Il y a un bar, pas trop loin, qui doit être ouvert. Tu m'accompagnes ?

Je décline son offre, lui parle de mon nouvel appartement, des vêtements qui ne sont pas encore sortis de leurs boîtes, de l'ordinateur que je dois installer.

Tout cela n'est qu'un prétexte. Annie est une fille sympa, mais boire de l'alcool à dix heures du matin, c'est plus son genre que le mien. Non pas qu'elle soit alcoolique. Je ne l'ai jamais vue ivre. Mais je ne l'ai jamais vue, non plus, refuser d'aller prendre un verre.

Et puis, il ne s'est pas passé une seule journée depuis mon arrivée dans cette boîte où elle ne m'a pas fait des avances, parfois discrètes, parfois agressives. J'aurais pu lui dire que, de me faire draguer par des femmes qui ont l'âge de ma mère, ça ne me branche pas tellement. Je me suis contenté de lui annoncer que mon cœur était déjà pris, ce qui ne l'a pas émue le moins du monde. Visiblement, ce n'est pas mon cœur qui l'intéresse.

— J'irai toute seule, dans ce cas ! conclut-elle, dépitée. Surtout, n'oublie pas ma petite fête, demain soir.

— Tu as quand même envie de fêter, malgré ce qui se passe aujourd'hui ?

— Encore plus, même ! On va tous avoir besoin de se changer les idées.

Nous descendons les quelques marches qui mènent à la sortie. Le policier de faction nous lance un sourire en coin en nous souhaitant bonne chance. Dehors, un groupe de représentants de la presse s'agite en voyant la porte s'ouvrir.

— Séparons-nous ! dis-je.

Annie part d'un côté, je prends la direction inverse. Déconcertés pendant quelques secondes par notre stratégie, les journalistes se divisent eux aussi, la plupart suivant Annie, à qui son âge doit donner un air de respectabilité que je n'ai pas. Ne reste devant moi que…

— Isabelle!

— Qu'est-ce que tu fais là, toi? me demande-t-elle, écarquillant les yeux de surprise.

— Je travaille dans cette boîte. Et toi, toujours à la recherche de sujets de reportage?

Annie a réussi à semer les autres journalistes et ils reviennent vers nous. S'adressant à son cameraman, Isabelle l'enjoint de continuer à surveiller la porte des bureaux de l'entreprise, au cas où quelqu'un d'autre sortirait.

— Suis-moi! m'ordonne-t-elle.

Puis, me prenant par le bras, elle m'entraîne vers une fourgonnette aux couleurs d'Info Plus, le réseau de nouvelles en continu pour lequel elle travaille. Je n'ai pas vu Isabelle depuis plusieurs mois, en fait depuis mon aventure avec les cyberpirates au printemps dernier*.

* Voir dans la même collection *Alex et les Cyberpirates*.

— J'ai failli ne pas te reconnaître, dit-elle alors que nous nous installons à l'arrière du véhicule. Une chemise, une cravate, un veston et… une queue de cheval. C'est ton nouveau look jeune-bourgeois-branché?

— Ne ris pas de moi. C'est vrai que je dois me déguiser pour venir travailler, mais dès que j'arrive chez moi, j'enlève tout ça.

Joignant le geste à la parole, je défais ma cravate et la fourre dans la poche de ma veste.

— Alors, dit Isabelle, toujours avec Stéphanie?

— Ça tient toujours.

— Et qu'est-ce qui se passe là-dedans? demande-t-elle, en pointant du doigt les bureaux de Jeff et Jo.

— Les policiers questionnent tout le monde. Il paraît que des immigrants clandestins se sont cachés dans un conteneur qui nous était destiné. Tu en sais probablement plus que moi. Je ne vois pas où est le problème. Ils n'ont qu'à les retourner chez eux par le prochain avion. S'ils veulent venir vivre ici, ils ne s'y prennent pas de la bonne façon.

— Comment? Tu n'es pas au courant?

— Au courant de quoi?

Elle lance un coup d'œil en direction des autres journalistes qui continuent à faire le pied de grue devant l'entrée de l'immeuble. Certains d'entre eux, verts de jalousie, jettent vers notre véhicule des regards nerveux, se demandant quels renseignements exclusifs je peux bien être en train de donner à leur concurrente.

— C'est un employé du port qui les a découverts ce matin, dit-elle. Il avait remarqué ce conteneur dont la porte était toute grande ouverte alors qu'il n'y avait aucune activité de déchargement autour. Ça lui a paru bizarre. Il s'est approché. Il pensait à une tentative de vol, tu comprends, pas à ça.

— Et…?

— Il les a vus. Tous morts. Baignant dans leur sang. Il a dit « un fleuve de sang ».

— Ça alors! Tu lui as parlé?

— C'est lui qui a appelé les médias. Sans cela, nous ne serions pas encore au courant. Ce que nous ne savons pas, c'est quel lien il peut bien y avoir avec la compagnie où tu travailles. Qu'est-ce que vous trafiquez, au juste, dans cette boîte?

— Rien d'extraordinaire. Nous importons surtout de l'équipement pour les hôtels et les restaurants. De la vaisselle, ce genre de trucs.

— C'est ce qu'il y avait dans le conteneur?

— Non. C'était un chargement de parasols décoratifs pour boissons tropicales.

Pendant qu'elle prend des notes, j'explique à Isabelle tout ce qu'il y a à savoir sur le sujet : à quoi ça sert, d'où ça vient et combien il y en a.

— Qui dirige cette boîte ?

— Jeff et Jo. Jeff, c'est Jean-François Têtu, et Jo, c'est son épouse, Johanne Morisset.

— C'est la femme avec laquelle je t'ai vu sortir ?

— Non. Elle, c'est Annie Duhamel. C'est une employée, mais elle est là depuis la création de l'entreprise. Une fille sympa. Un peu collante, mais sympa.

— Puisque toi et cette Annie avez été les premiers à quitter les bureaux, dois-je conclure que vous avez été les premiers à être interrogés par la police ?

— Tu as vu juste.

— Sais-tu pourquoi ?

— Le lieutenant semble croire qu'il y a des complices du trafic chez Jeff et Jo. Comme j'ai été embauché tout récemment dans cette boîte, il a dû éliminer d'emblée mon nom de sa liste de suspects. En plus, j'étais la personne toute désignée pour lui expliquer le fonctionnement de notre système informatique.

— Et ce conteneur, tu as une idée de sa provenance ?

— Oui, mais le policier m'a fait promettre de ne rien dire aux journalistes.

Devant son air déçu, je ne peux réprimer un sourire.

— Bon, ça va! C'était juste pour te faire languir un peu. Ce conteneur est arrivé hier de la Côte-des-Palmes. Mais si tu dis que ce renseignement vient de moi, je vais tout nier.

— Je suppose qu'il est inutile de te demander si tu accepterais de donner une entrevue à la caméra…?

— Tu supposes bien, dis-je, me souvenant des déboires que m'avait causés mon entrevue précédente avec Isabelle.

Elle saisit son téléphone cellulaire et compose un numéro.

— C'est Isabelle, dit-elle à son interlocuteur. Tu pourrais me sortir tous les renseignements que tu as sur la Côte-des-Palmes? Merci, tu es un ange!

Elle raccroche, puis, s'adressant à moi:

— Ce n'est pas la première fois que des immigrants clandestins arrivent de ce pays-là. Mais, à ma connaissance, c'est la première fois qu'il y en a autant. Quand j'entends le nom de cette île, je pense tout de suite à «régime dictatorial» et à «conditions de vie inhumaines». La Sûreté municipale donne une conférence de presse à quinze heures. Grâce à toi, je vais pouvoir révéler au bulletin de midi d'où les immigrants illégaux provenaient.

Nous descendons du véhicule. Du côté des journalistes, quelques têtes se tournent vers nous, mais la sortie d'autres employés provoque une nouvelle bousculade à la porte du bâtiment.

Je salue Isabelle de la main en même temps que j'aperçois, dans une fenêtre de chez Jeff et Jo, la silhouette du lieutenant Boiteau en train de m'observer. Je me détourne aussitôt et quitte les lieux d'un pas rapide. Tant pis s'il m'a vu! Après tout, il n'est pas interdit par la loi de parler à ses amis. Si les miens sont journalistes, ce n'est pas ma faute.

Du quartier du Vieux-Port jusqu'à chez moi, à Limoilou, il n'y a que vingt minutes de marche, ou cinq minutes d'autobus. Comme il fait beau, j'opte pour la marche. Je ne suis pas pressé de rentrer chez moi, sachant ce qui m'y attend.

La journée est d'ailleurs conforme à mes pires craintes: ennuyante, éreintante et morne. Je réussis tout de même à régler quelques dossiers urgents: laver la vaisselle sale accumulée depuis quelques jours, étendre une première couche de peinture dans le salon, remettre en état de marche mon ordinateur et l'installer sur un bureau de fortune, un panneau de bois supporté par deux piles de boîtes de vêtements.

C'est assez pour aujourd'hui, le reste attendra. C'est le début de la soirée, je suis fatigué et j'ai faim. Ne devais-je pas souper avec Stéphanie, ce soir ? Je devrais lui passer un coup de fil. C'est étrange, d'ailleurs, qu'elle n'ait pas encore elle-même essayé de me joindre.

Au fait, où ai-je mis mon cellulaire ? Je regarde autour de moi, puis dans la poche de mon veston : pas de téléphone. S'il n'est pas ici, il ne peut qu'être… chez Jeff et Jo, sur mon bureau, là où je l'ai déposé juste avant de suivre le lieutenant Boiteau pour mon interrogatoire.

Avec un peu de chance, la perquisition des bureaux ne sera pas terminée et on me laissera peut-être le récupérer. Pas question de passer la fin de semaine sans téléphone.

— Je vais voir ce que je peux faire, me dit d'un air nonchalant le policier qui garde l'entrée des bureaux.

Cinq minutes plus tard, c'est le lieutenant Boiteau en personne qui vient me voir, tenant mon cellulaire entre ses mains.

— Alors, comme ça, dit-il, quand on te demande d'être discret, tu n'as rien de mieux à faire que de te précipiter chez les journalistes ?

— Euh… écoutez, dis-je, essayant de prendre un air contrit. C'est une copine à moi, Isabelle. J'ai juste discuté un peu avec elle, c'est tout. Vous n'allez pas me dire que les renseignements que je lui ai donnés ont nui à votre enquête, tout de même. Et puis, le public a le droit de savoir…

— C'est moi, explose le lieutenant, qui décide de ce que le public a le droit de savoir, et quand il a le droit de savoir. Qui es-tu pour prétendre faire la différence entre ce qui peut aider et ce qui peut nuire à mon enquête ? J'ai quinze cadavres dans des frigos à la morgue et j'ai bien l'intention de découvrir le responsable de cette tuerie. À l'avenir, garde tes *scoops* pour toi.

Il enfonce mon cellulaire dans la poche de mon veston en me lançant un regard dans lequel je lis plus que de la simple irritation : une sorte de défi. J'ai envie de l'envoyer au diable, mais quelque chose me dit qu'il n'a pas tout à fait tort et que j'aurais dû faire preuve d'un peu de discernement.

Pour me changer les idées, j'appelle ma boîte vocale où trois messages m'attendent, tous de Stéphanie. Elle demande pourquoi je ne la rappelle pas, si j'ai oublié que nous devions souper ensemble. Elle termine par cette phrase : « Il faut absolument qu'on se parle. »

J'essaie de communiquer avec elle mais, à mon tour, je tombe sur sa boîte vocale. Je range mon cellulaire et décide qu'il n'y a rien d'autre à faire que de rentrer chez moi.

Pourquoi faut-il « absolument » qu'on se parle ? Sa phrase m'inquiète. Les seules fois dans ma vie où j'ai dit ça à une fille, c'est quand je voulais rompre avec elle. Alors, qu'est-ce qui peut bien aller de travers ? Après tout, quand tout va bien, on n'a pas « absolument » besoin de se parler.

Je ne suis pas trop peureux de nature, mais il y a, entre le quartier où je travaille et celui où j'habite, un secteur, tout près du Palais de justice, où je n'aime pas circuler quand le jour tombe. Il faut passer sous l'autoroute Montmorency et ses hauts piliers qui rendent la zone sinistre.

Je mets donc sur le compte de mon insécurité mon sentiment d'être suivi. Je prends tout de même le temps de regarder derrière moi, histoire de me rassurer. Je ne vois qu'une femme chargée de sacs d'épicerie et traînant deux jeunes enfants dans son sillage. Un peu plus loin, un Noir, bizarrement vêtu d'un lourd manteau d'hiver et coiffé d'une tuque, change presque immédiatement de direction pour disparaître dans l'entrée d'un immeuble.

Je bifurque rue Prince-Édouard et, quelques minutes plus tard, j'arrive en vue de chez moi. Les coups d'œil que je jette de temps en temps par-dessus mon épaule ne révèlent aucun poursuivant, et c'est l'esprit rassuré que j'entre dans mon appartement.

Tant qu'il fait jour, il est plutôt agréable. Surtout la cuisine dont les grandes fenêtres donnent au sud. Maintenant que le soleil baisse à l'ouest, la pénombre envahit la ruelle. Elle atteindra bientôt les balcons, puis ce sera la nuit.

C'est alors que l'absence de meubles et de rideaux aux fenêtres se fera le plus sentir. Les taies d'oreiller et les serviettes de bain tendues devant les fenêtres par des clous afin de protéger mon intimité n'arrangent pas vraiment les choses.

Au moins, j'ai une table et deux chaises dans la cuisine et ce n'est pas une ampoule nue au plafond qui va m'empêcher de manger. J'ouvre la porte du frigo, section congélateur, à la recherche d'un plat surgelé que je me rappelle avoir acheté quelques jours plus tôt.

Les instructions sur l'emballage ne mentionnent que la cuisson au four à micro-ondes. Je n'en ai pas. Je suis frustré de n'avoir pas pensé à vérifier ce détail au moment de l'achat. Que faire? Comme il s'agit d'un plat de pâtes, une simple casserole fera l'affaire.

Je viens tout juste d'y déposer le bloc de spaghetti congelé lorsqu'on frappe à ma porte. Serait-ce Stéphanie qui vient me voir? J'ouvre et je me retrouve nez à nez avec un grand Noir qui transpire sous un manteau d'hiver et une tuque.

— Qu'est-ce qu'il y a?

L'autre ne dit rien, se contentant de me fixer d'un regard que je juge, sur le coup, indéchiffrable. Mélange de frayeur et de haine, d'espoir et de méfiance. Je recule de quelques centimètres, par prudence autant que pour m'éloigner des effluves nauséabonds qui émanent du bonhomme.

— Je peux vous aider?

Toujours le silence, la même expression sur son visage. Devant son mutisme, j'entreprends, avec une lenteur calculée, de refermer la porte. Elle s'arrête à mi-parcours, retenue par la main de l'homme.

— Est-ce que c'est toi, le contact? me demande-t-il avec un léger accent créole.

— Quoi?

— Est-ce que tu es mon contact?

Je ne sais pas trop de quoi il parle et je fais non de la tête. Il laisse retomber sa main et se détourne de moi, comme s'il s'apprêtait à partir. Il s'appuie plutôt contre le mur et glisse lentement, le dos bien droit, jusqu'à ce que ses fesses trouvent appui sur ses talons. Il baisse la tête et ne bouge plus.

Un peu inquiet à l'idée qu'un pur étranger vienne s'évanouir sur le pas de ma porte, je sors sur le balcon et m'accroupis devant l'homme.

— Ça va? dis-je.

Il jette un regard enfiévré dans ma direction.

— Tu travailles bien chez Jeff et Jo, non?

— Oui, mais…

— Et tu n'es pas le contact?

— Non! Je ne suis pas le contact. Hé, dis donc… Je te reconnais. Ça ne serait pas toi qui m'as suivi tout à l'heure?

L'homme se relève, grognant et grimaçant, sa main droite accrochée aux pans de son manteau. Il vacille et doit se raccrocher au chambranle de la porte.

— T'aurais pas quelque chose à manger?

Il a dû renifler l'odeur qui s'échappe de la cuisine, tout comme je le fais au même instant. Une odeur de sauce à spaghetti vaguement… carbonisée.

Je reviens en toute hâte à la cuisinière et retire la casserole du feu pour en transférer le contenu dans une autre. J'ai sauvé mon repas.

L'homme m'a suivi à l'intérieur et s'est déjà installé à la table.

— Un bout de pain suffira, lance-t-il.

Comme si j'allais lui donner une tranche de pain blanc, pour ensuite lui déguster en pleine face mon « spaghetti à la sauce aux trois fromages ». Je ne suis pas sans cœur, tout de même.

Normalement, je n'inviterais pas un étranger à ma table. Mais cet étranger-là m'intrigue : comment sait-il où je travaille ? Je sors deux assiettes, et calcule qu'en ajoutant quelques tranches de pain beurrées et un verre de jus de pomme, nous nous tirerons d'affaire. Pendant que nous mangeons, je lui demande son nom.

— Jean-Étienne Crèvecœur.

— Moi, c'est Alex. Tu viens de loin ?

— De bien trop loin, oui.

Un bruit de pas, puis des coups frappés contre la porte viennent interrompre cet embryon de conversation. Jean-Étienne sursaute et une ombre d'inquiétude balaie son visage.

— Attends, je vais voir qui c'est.

Cette fois, j'écarte un peu la taie d'oreiller qui masque la vitre de la porte. De l'autre côté, Stéphanie me sourit. J'ouvre.

Nous échangeons un baiser. Le temps de me retourner pour faire les présentations, Jean-Étienne a disparu.

— Je te jure, Stef, qu'il y avait quelqu'un là il y a cinq secondes.

— Ça sent bizarre ici, dit-elle.

Personne ne peut se cacher bien longtemps dans un trois pièces et demie. Jean-Étienne n'est pas dans la cuisine, ni dans la pièce que j'appelle le salon, mais que ma mère désignerait plutôt sous le nom de « grand placard ». Il ne reste que ma chambre et la salle de bain.

Je ne ferme jamais la porte de la salle de bain quand je n'y suis pas. Pourtant, elle est maintenant close. Je frappe quelques coups discrets et j'appelle :

— Jean-Étienne, tu es là ?

La porte s'entrouvre, un œil apparaît dans l'ouverture.

— Ça va ? Je peux sortir ?

— Évidemment que tu peux sortir. De quoi as-tu peur ?

— Je n'ai peur de rien, dit-il en ouvrant la porte. J'ai juste eu envie de pisser. Oh ! Pardon, mademoiselle.

Il vient d'apercevoir Stéphanie. Je fais les présentations, pendant que Jean-Étienne regagne sa place et se rassoit, ou plutôt, s'écrase sur sa chaise. Il a enlevé sa tuque, mais gardé son manteau. De grosses gouttes de sueur perlent sur son front.

Stéphanie suffoque, elle. L'odeur de spaghetti calciné, mélangée à celle de transpiration qui se dégage de mon invité, rend l'air de plus en plus irrespirable.

Prétextant la chaleur, j'entreprends d'ouvrir toutes les fenêtres. Alors que je suis à l'autre bout de l'appartement en train d'essayer de créer un courant d'air dans la pièce, Stéphanie vient me rejoindre et me glisse à l'oreille :

— Il pue, ton ami.

— Je le sais. Et ce n'est pas mon ami. Je te jure, Stef, je ne le connaissais pas il y a à peine dix minutes. Mais apparemment, lui, il me connaît.

Jean-Étienne est toujours assis à la table, le front appuyé contre sa main. Je lui suggère d'enlever son manteau. Il lève vers moi un regard fiévreux.

— D'où viens-tu ? lui demande Stéphanie.

— De Port-Liberté, répond-il, machinalement.

Ces mots lui ont échappé et il semble les regretter sur-le-champ.

— Hé! dis-je. Ça ne serait pas la capitale de la Côte-des-Palmes, par hasard?

— Ouais. Et alors?

— Et depuis quand es-tu au Québec?

Il prend quelques secondes avant de lâcher:

— Depuis ce matin!

— Tu dois être au courant, alors, que des gens de ton pays ont été assassinés ce matin, dans un conteneur, dans le port de Québec.

Il jette sur moi un regard empli de fatigue.

— Je le sais, dit-il. J'y étais, dans ce conteneur.

Une fois revenus de notre étonnement, nous écoutons, Stéphanie et moi, le récit de son exil. Les milliers de dollars qu'il avait fallu rassembler pour les passeurs qui, à la dernière minute, avaient encore augmenté leurs tarifs. Les préparatifs du départ, sa mère lui donnant un manteau et une tuque, «parce qu'il fait froid, au Québec».

Puis, il raconte le rassemblement dans un entrepôt abandonné, près du port, l'embarquement grâce à la complicité d'employés des douanes qu'il fallait grassement rétribuer, bien sûr. Enfin, la traversée en haute mer, les conditions insalubres, un simple seau dans un coin devant contenir les défécations de seize personnes pendant dix jours. La faim et la soif. Les malades qui gémissaient. Et la peur, à chaque étape du voyage, d'être découverts, et peut-être ramenés de force à Port-Liberté, sinon sommairement exécutés.

Ensuite, l'arrivée. L'impression que le conteneur est soulevé de terre, qu'il vole dans les airs pour être déposé plus loin. Enfin, l'attente.

— Il faisait encore nuit, continue Jean-Étienne, quand quelqu'un est venu. Peut-être avait-il entendu un gémissement... Il y a eu le bruit d'un cadenas qu'on brise, puis celui d'une porte qui s'ouvre. Nous nous sommes tous levés, du moins ceux qui en avaient encore la force, pensant que nous allions enfin être délivrés. Un rayon de lumière s'est promené sur nous, puis l'homme dehors a dit un mot qui ressemblait à «tabernacle». Ensuite, il a ordonné de ne pas bouger, d'attendre. Nous avons obéi. Quand la porte s'est ouverte de nouveau, une heure plus tard, trois hommes sont entrés. Ils ont crié «Levez-vous!», ce que nous avons fait, puis j'ai entendu les coups de fusil.

— Qui tirait?

— Impossible de voir leurs visages. Leurs torches m'éblouissaient.

— Et qu'as-tu fait, alors? demande Stéphanie.

— Je me suis jeté sur le sol et je n'ai plus bougé. J'étais sûr que j'allais mourir. Les coups étaient très rapprochés au début, comme ceux d'une mitraillette. Ensuite, ils se sont espacés. À la fin, les tueurs se promenaient dans le conteneur, en hurlant et en riant, et achevaient ceux qui bougeaient encore d'une balle dans la tête. C'est à ce moment-là que je me suis évanoui. Quand j'ai repris conscience, il faisait encore nuit. J'ai vu que j'étais le seul survivant. J'ai attendu un peu, puis j'ai fui. Je me suis caché toute la journée. J'avais l'adresse des Importations Jeff et Jo. Elle était sur toutes les boîtes dans le conteneur, alors j'ai pensé que quelqu'un dans cette entreprise devait être au courant. J'ai rôdé dans le secteur. Quand tu t'es fait engueuler par le policier, je me suis dit : «Si ce type a des ennuis avec la police, c'est qu'il a quelque chose à voir avec tout ça.» J'étais sûr que tu étais mon contact au Québec, celui qui devait nous faire sortir du conteneur et nous donner nos nouveaux papiers d'identité. Quand tu es sorti, je t'ai suivi.

— C'était donc toi !

— J'ai failli perdre ta trace. J'ai même pensé que tu m'avais repéré. Mais j'ai tenu bon, tu étais mon seul espoir. Je ne sais pas comment j'ai pu survivre. Ni pourquoi d'ailleurs.

Ces derniers mots sont presque inaudibles.

— Pour que tu puisses témoigner, peut-être, dit Stéphanie, et raconter ton histoire afin que ce crime ne reste pas impuni.

— Tu as raison. Il faut qu'il raconte tout ça à la police.

À ces mots, Jean-Étienne sursaute.

— Parler à des policiers? Pas question. Ils vont me renvoyer d'où je viens.

— Sois raisonnable, dis-je. Tu es une victime. Et un témoin, en plus. Ils ont besoin de toi. Ils n'ont pas intérêt à te renvoyer dans ton pays.

— Je n'ai rien vu, je n'ai même pas regardé ces tueurs, je ne pourrais reconnaître personne. Tes policiers, ils vont bien vite se rendre compte que je ne suis d'aucune utilité pour eux, et ils vont se débarrasser de moi.

Il s'agite sur sa chaise en parlant, une de ses mains fouettant l'air, l'autre tenant toujours fermés les pans de son manteau. J'essaie de le calmer.

— À court terme, tu peux rester ici. Mais à long terme, tu n'as pas beaucoup de choix. Tu es fauché, tu ne connais personne et tu n'as nulle part où aller.

Pour avoir été fugitif il n'y a pas si longtemps, je sais qu'on ne convainc pas facilement quelqu'un de se rendre à la police. Tout de même, il semble s'apaiser. Il réfléchit quelques secondes, puis se lève, s'aidant d'une main, le visage tordu par une grimace.

— Si la police de chez vous est aussi corrompue que celle de chez nous, il n'est pas question que je me rende. Je ne retournerai pas en prison. Plutôt mourir.

Il fait quelques pas chancelants en direction de la porte, puis s'arrête, vacille et tombe d'un bloc, face contre terre.

Je me précipite vers lui et l'empoigne à la taille pour le retourner. Ma main rencontre quelque chose de poisseux. Lorsque je la retire, elle est couverte de sang. Jean-Étienne est blessé et, en s'agitant, il a réussi à rouvrir sa blessure.

— On dirait qu'il ne s'en est pas tiré si bien que ça, finalement, dit Stéphanie.

— Cette fois, on n'a pas le choix. Il va falloir appeler le 911.

3

À L'HÔPITAL

« C'est pas des farces, on est mieux traité chez le vétérinaire ! Ici, il faut être à moitié mort pour qu'ils s'intéressent à toi. »

L'homme qui a lancé ces paroles est assis en face de moi, l'index de la main gauche entouré d'un bandage rudimentaire. Sa femme, installée à ses côtés, lui jette un regard condescendant.

— Patience, mon pitou. Il y en a des pires que toi ici.

Stéphanie et moi poireautons depuis maintenant deux heures dans la salle d'attente de l'hôpital. Parce qu'à l'autre bout du fil, on m'a posé des questions sur la nature de la blessure, j'ai dû préciser qu'elle avait été causée par une arme à feu. Les policiers sont donc venus aussi, précédant même l'ambulance de quelques minutes.

Pressé de questions, je n'ai révélé que le strict minimum. Sur l'origine et sur la cause exacte de sa blessure, j'ai feint l'ignorance.

Pour l'instant, les deux policiers qui attendent, comme nous, qu'il reprenne connaissance, semblent pencher pour la thèse d'une bataille entre gangs de rue qui se serait mal terminée.

— La soirée est jeune pour s'entre-tuer comme ça, a lancé l'un d'eux.

— On a déjà vu pire, a répondu l'autre.

J'ai de bonnes raisons de rester discret. Dès que la vérité va être connue, l'urgence sera investie par des enquêteurs de la police, Jean-Étienne sera isolé, peut-être même transféré dans un autre hôpital. Plus question alors de lui adresser la parole. Je tiens pourtant à le revoir, car il peut, même sans le savoir, détenir un indice qui m'aidera à identifier qui, chez Jeff et Jo, est derrière ce trafic d'êtres humains.

Nous sommes immobiles, Stéphanie et moi, depuis un bon bout de temps, assis côte à côte, sa tête reposant sur mon épaule.

— Tu dors ?

— Non.

— Alors, de quoi devions-nous parler ?

— Quoi ?

— Tu as laissé un message dans ma boîte vocale. Tu as dit : « Il faut absolument qu'on se parle. »

— Ah, oui. J'ai pris une décision. C'est au sujet de l'offre que tu m'as faite d'aller vivre avec toi. Je ne pense pas que ce soit une bonne idée.

Je suis surpris, mais surtout par le fait qu'elle m'en parle maintenant. Je lui ai fait cette suggestion il y a déjà trois semaines. Depuis, elle s'est dérobée chaque fois que j'ai essayé d'en discuter.

— Pourquoi? Ça serait pourtant génial, toi et moi. On serait tout le temps ensemble, puis les frais de l'appartement seraient coupés en deux.

— Justement, parlons-en de ton appartement. Ça fait plus de deux semaines que tu y habites, et tu n'as pas encore de meubles dignes de ce nom. Tu as des taies d'oreiller pour masquer tes fenêtres, et tu dois prendre des bains parce que ton rideau de douche est quelque part dans une des nombreuses caisses que tu n'as pas trouvé le temps de défaire. T'as un problème, Alex. Tu manques d'organisation, et j'ai l'impression que tu comptes sur moi pour régler ça. Si c'est une bonne à tout faire qu'il te faut, engages-en une. Si tu t'ennuies de ta mère, retourne vivre chez elle.

Avec Stéphanie, j'ai pris l'habitude de ne pas réagir trop vite et de tourner ma langue sept fois dans ma bouche avant de répliquer. Donc, au bout des tours de langue réglementaires, je finis par lui dire:

— T'as probablement raison.

Ce qui, bien sûr, était la chose à ne pas dire.

— Si je comprends bien, lance-t-elle, tu refuses la discussion.

— Non, j'ai juste dit que tu avais raison.

— Comment ça, j'ai raison! Tu dis ça juste pour m'embêter, hein?

La conversation prend une tournure que je n'aime pas. Heureusement, elle se trouve interrompue par l'arrivée d'un jeune interne en blouse blanche. Il se tient debout devant nous, avec l'air gêné de quelqu'un qui se voit forcé d'intervenir dans un débat qui ne le concerne pas.

— C'est vous qui avez amené le Noir blessé par balles?

— Oui.

— Il vient de se réveiller et il veut vous parler.

Il tourne les talons aussi sec et file en direction d'un corridor, Stef et moi à sa suite.

— Normalement, dit-il, seuls les gens de sa famille devraient avoir l'autorisation de le voir, mais il a insisté pour vous parler. Et il n'a pas l'air d'avoir beaucoup de famille par ici. Au fait, les policiers qui vous accompagnaient sont-ils partis?

— Je ne sais pas. Ça fait un bout de temps que je ne les ai pas vus, dis-je.

En fait, je crois les avoir aperçus se dirigeant vers l'entrée principale de l'hôpital avec l'intention de griller quelques cigarettes. Mais je me garde bien de révéler ce détail à notre guide.

— C'est ici, annonce l'interne.

Il pousse une porte blanche, nous fait pénétrer dans la chambre, puis disparaît en nous laissant avec cet avertissement :

— Cinq minutes, pas plus !

Jean-Étienne est allongé sur le lit. Au moins, il est dans une chambre privée, et non sur une civière parquée dans un corridor. Débarrassé de son lourd manteau d'hiver, il semble très mince, presque maigre. Sa peau très noire tranche sur le blanc des draps. Il nous sourit.

— Excuse-nous, dis-je. On n'a pas eu le choix.

— C'est moi qui m'excuse, proteste-t-il. Je suis une source d'ennuis pour vous.

— Des policiers sont venus avec nous. Tu devras leur expliquer l'origine de ta blessure.

— Tu leur as dit qui je suis ?

— J'ai préféré faire celui qui ne sait rien.

— Merci.

— À mon avis, tu devrais tout leur dire toi-même.

— Pourquoi ?

— Les tueurs qui ont massacré tes compagnons de voyage pourraient vouloir terminer leur travail. Seule la police peut te protéger efficacement.

— Mais ces tueurs me croient mort. Pourquoi partiraient-ils à ma recherche?

— On ne les connaît pas. Il peut s'agir des passeurs eux-mêmes, ceux qui vous ont aidés à fuir votre pays. Eux, ils savent que vous étiez seize à bord. Les médias ont tous parlé de quinze cadavres. Il ne leur faudra pas bien longtemps pour se rendre compte qu'il y en a un qui leur a échappé. Comme ils ignorent ce que tu as vu au juste, ni si tu peux les reconnaître, ils ne voudront pas prendre le risque de te laisser en vie.

— Ouais…

— Mais peut-être que je me trompe. Peut-être n'ont-ils aucun moyen de savoir combien il y avait de clandestins dans le conteneur. Alors, ils vous croient tous morts et tu ne cours aucun danger. C'est à toi de décider. C'est de ta vie qu'il s'agit.

Jean-Étienne fixe le plafond. Dans l'état où il se trouve, prendre une pareille décision semble à la limite de ses forces. Au bout de quelques secondes, cependant, une certaine sérénité envahit ses traits, comme si la bataille qui faisait rage dans sa tête venait de prendre fin.

— Je ne vais pas jouer ma vie sur un coup de dés, dit-il. Tu as raison, Alex, j'ai besoin de la protection de la police.

— J'aurais un service à te demander. Si tu pouvais te rappeler…

— Me rappeler quoi?

— Qui sont les organisateurs de ce trafic, ici?

— Ça, mon ami, je ne peux pas me le rappeler parce que je ne l'ai jamais su.

— Mais tu as bien rencontré quelqu'un, là-bas, non? Tu as bien donné de l'argent à un agent recruteur ou à une personne dans ce genre?

— Un agent recruteur? Nous, on appelle ça un Petit Serpent. C'est lui qui prend notre argent et qui organise tout. Dans mon cas, c'était un grand-nègre qui avait un petit poste de fonctionnaire au gouvernement.

— Un grand-nègre?

— Un Métis, si tu préfères.

Devant mon incompréhension, il daigne préciser:

— Dans mon pays, il y a beaucoup de gens comme moi qui ont la peau très noire. Nous sommes des petits-nègres. Les grands-nègres sont des Noirs, mais à la peau plus claire. Ce sont eux qui peuvent devenir fonctionnaires au gouvernement, par exemple. Tous les hauts gradés de la police et de l'armée sont des grands-nègres. Le président Toussaint Magloire aussi. Mais il n'est qu'une marionnette entre les mains des grandes familles blanches qui contrôlent le commerce et l'industrie et qui sont les vrais maîtres du pays.

— Drôle d'organisation.

— Ça marche comme ça depuis des siècles.

— Et ton Petit Serpent, lui. Il doit bien avoir un contact au Québec.

— Personne ne sait qui est le Grand Serpent qui se cache derrière le petit. Tout ce que nous savions, c'est que nous devions nous rendre par bateau jusqu'à Québec. De là, un camion nous mènerait à Montréal. Les gens qui allaient ouvrir la porte du conteneur étaient censés être des amis en qui nous pouvions mettre toute notre confiance.

Il tourne vers moi son visage. Ses lèvres esquissent une grimace, alors que son regard semble demander: «Comment ai-je pu être aussi naïf?»

La porte de la chambre s'ouvre et les policiers qui nous avaient accompagnés entrent. En nous voyant, l'un d'eux s'exclame:

— Qu'est-ce que vous faites ici, vous deux?

— Quand il s'est réveillé, dis-je en désignant Jean-Étienne, il a demandé à nous parler. Le docteur nous a permis de le voir…

— Nous avions pourtant exigé d'être les premiers à lui parler.

— Vous ne serez pas perdants. Je l'ai convaincu de vous raconter toute son histoire. Ça vaut la peine de l'écouter.

Je lance un regard vers Jean-Étienne, toujours étendu sur son lit, pour m'assurer qu'il n'a pas changé d'avis. Il me fait un petit signe de la tête pour me dire de continuer. Je sors de la poche de mon pantalon la carte du lieutenant Boiteau, que je traîne sur moi depuis le matin, et la tends au policier.

— Toute cette histoire a un rapport avec la découverte des immigrants clandestins, ce matin, dans le port. Tenez, appelez cet enquêteur. Vous gagnerez un temps précieux et il vous en sera infiniment reconnaissant.

Comme nous faisons mine de sortir, Stéphanie et moi, l'agent nous lance :

— Ne vous éloignez pas trop. On aimerait vous poser encore une ou deux questions.

— Vous nous trouverez dans la salle d'attente.

Tout en me dirigeant vers deux places libres, je compose un numéro sur mon cellulaire.

— Qui appelles-tu? demande Stéphanie.

— Je téléphone à Isabelle, dis-je. Ce qui va se passer ici ce soir va faire la une des journaux, demain. J'aimerais qu'elle soit la première à en parler.

— Le lieutenant Boiteau ne va pas être content de toi.

— J'en fais mon affaire.

À l'autre bout du fil, la voix ensommeillée d'Isabelle répond.

— Tu dors déjà? Il n'est que vingt-trois heures.

— *Je n'ai pas arrêté de la journée. J'allais me coucher.*

— J'ai une bonne et une mauvaise nouvelle pour toi. La mauvaise, c'est que ta journée de travail n'est pas encore terminée. La bonne, c'est que j'ai le *scoop* de la semaine pour toi, si ça t'intéresse.

— *Dis toujours*, lance Isabelle d'une voix soudain plus éveillée.

— Il y a un survivant au massacre des immigrants clandestins, et je viens tout juste de lui parler.

— *Où es-tu?*

— À l'hôpital Saint-François-d'Assise, rue de l'Espinay.

— *Attends-moi, j'arrive.*

Stéphanie et moi faisons les cent pas dehors, devant l'entrée de l'urgence, dans l'attente d'Isabelle. C'est pourtant le lieutenant Boiteau qui arrive le premier. Dès qu'il me voit, il me prend à part, étonné de me trouver encore une fois sur sa route.

Je dois lui expliquer que c'est Jean-Étienne qui m'a suivi jusque chez moi. Que je n'y suis pour rien s'il a choisi de s'évanouir sur le plancher de ma cuisine. Dans l'espoir de m'attirer son indulgence, j'insiste sur le fait que j'ai réussi à le convaincre de révéler son identité aux policiers.

— Vous n'allez pas le mettre en prison, n'est-ce pas?

— Pour l'instant, répond le lieutenant, même s'il est un immigrant clandestin, il est aussi une victime et, surtout, un témoin important dans une affaire de meurtre. Mon rôle est plutôt de le protéger. Grâce à ta coopération, on va pouvoir progresser un peu dans notre enquête.

Je suis donc parvenu à rentrer dans les bonnes grâces du policier. Je crains toutefois que cette sympathie nouvellement acquise ne soit de courte durée, alors que je vois Isabelle sortir d'un car de reportage surmonté d'une grosse antenne parabolique, puis s'avancer vers nous.

— Qu'est-ce qu'elle vient faire ici, celle-là ? grogne le lieutenant, pendant qu'Isabelle demande à son cameraman de commencer à filmer la façade de l'hôpital.

— Salut, Alex, me lance-t-elle. Je suis venue aussi vite que j'ai pu.

Au regard que m'adresse le policier, je comprends que mon petit capital de sympathie vient d'éclater en mille morceaux.

— Alors, c'est toi qui l'as appelée, dit-il. Fais très attention à ce que tu vas lui dire. Et ne t'éloigne pas trop, j'ai encore à te parler.

Il s'éloigne, furieux.

— Qu'est-ce qui lui prend ? demande Isabelle. J'ai dit quelque chose qu'il ne fallait pas ?

— Ce n'est rien, dis-je en poussant un soupir de résignation. Tu es arrivée juste un petit peu trop tôt, c'est tout.

Je lui résume les événements de la soirée. Elle écoute sans m'interrompre, en ponctuant mes phrases de légers hochements de tête et en jetant à l'occasion des coups d'œil à sa montre.

— Alors, dit-elle, voici ce qu'on va faire. Le *Grand Bulletin* est déjà commencé, mais j'ai tout organisé. Il n'y a pas une minute à perdre. On va s'installer sur le trottoir, là, avec l'hôpital comme fond de scène, et on va faire l'entrevue…

— L'entrevue? Quelle entrevue?

— Une entrevue en direct avec toi, voyons. Demain matin, il sera trop tard. Ça ne sera déjà plus un *scoop*.

— Tu n'as pas besoin de m'interviewer. Je t'ai dit tout ce que je savais.

— Si c'est toi qui racontes ces événements, ça va avoir bien plus d'impact. C'est toi le témoin. C'est toi que les gens veulent entendre. Tu ne vas pas me dire que tu es gêné, non?

— Je pensais surtout au lieutenant Boiteau. Mais je ne crois pas qu'il puisse me détester plus. Alors, au point où j'en suis…

Nous nous installons sans perdre de temps. Isabelle donne quelques indications à son cameraman et aux techniciens restés à l'intérieur du camion, puis elle compose un numéro sur son cellulaire. Je comprends qu'elle négocie son temps d'antenne avec le réalisateur.

— Comment ça, une minute ? Qu'est-ce que tu veux que je fasse avec une minute? C'est un sujet important et on est les seuls sur ce coup-là. Je ne veux aucune limite de temps… Je me fiche du commanditaire. Ses biscuits pour chiens attendront ! Tu vas voir, tu ne le regretteras pas.

Elle raccroche et me lance:

— Attention, ça va être à nous dans trente secondes. Reste calme et concentre-toi sur mes questions.

Je peux suivre, sur un écran installé près de nous, l'évolution du bulletin de nouvelles. Micro à la main, Isabelle se tient prête. Je cherche Stéphanie dans la foule qui s'est massée autour de nous, mais je ne la vois pas. Je donnerais n'importe quoi pour croiser son regard. Mon estomac émet un gargouillis et je prie pour que le micro d'Isabelle ne soit pas trop sensible.

Le présentateur a entrepris de résumer l'affaire que les médias, d'un commun accord, ont baptisée «le massacre des clandestins». Puis, il nous présente.

— *Isabelle Fortin est devant l'hôpital Saint-François d'Assise. Isabelle, il y a du nouveau dans cette affaire?*

Une image d'Isabelle et de moi remplace celle du présentateur sur l'écran de contrôle. Un large bandeau couvre le bas de l'écran, avec les mots «EXCLUSIVITÉ INFO PLUS» en grosses lettres jaunes.

— *Oui*, dit Isabelle. *En ce moment même, dans une chambre de cet hôpital, des agents de la police de Québec interrogent un homme, originaire de la Côte-des-Palmes, qui serait un survivant du «massacre des clandestins». J'ai à mes côtés monsieur Alexandre Gauthier.*

Puis, s'adressant à moi :

— *Monsieur Gauthier, c'est vous qui avez appelé l'ambulance qui a amené cet homme ici. Comment est-ce arrivé ?*

Alors, j'oublie tout, l'écran de contrôle, le micro, mon estomac, les milliers de téléspectateurs qui nous regardent. Je plonge mon regard dans celui d'Isabelle, je prends une grande respiration, et je raconte l'histoire, ou, du moins, ce que j'en connais.

Quand tout est terminé, le projecteur de la caméra éteint, le micro rangé, je pousse un grand soupir.

— J'ai été minable.

— Au contraire, tu as été très bien, proteste Isabelle.

— Mon estomac n'a pas cessé de faire du bruit.

— Ah oui ? Je croyais que c'était le mien.

— J'étais nerveux, ça devait paraître.

— Moi aussi, j'étais nerveuse. Je le suis toujours quand je fais du direct. Ne t'inquiète pas, tu t'en es sorti comme un pro. Tu es une vedette, maintenant, ajoute-t-elle en me lançant un clin d'œil.

— Ouais, dis-je, pas trop convaincu. Elle a duré combien de temps, cette interview ?

— Cinq minutes, annonce Isabelle après consultation de sa montre. Au fait, Stéphanie n'est pas avec toi ? J'aimerais la saluer, il y a un bail que je ne l'ai pas vue.

Nous nous mettons à sa recherche, mais je suis nul pour retrouver un visage dans une foule, même celui de ma blonde. C'est Isabelle qui la découvre, assise sur un banc, un peu à l'écart. Je les laisse à leurs retrouvailles et retourne dans l'hôpital.

Deux policiers montent maintenant la garde à la porte de l'urgence. Je leur explique que c'est moi qui ai amené le clandestin à l'hôpital et que le lieutenant Boiteau m'a demandé de rester à sa disposition. A-t-il toujours besoin de moi? Un des policiers disparaît derrière la porte en quête d'une réponse pendant que je reste dans la salle d'attente à subir le regard franchement hostile de l'autre, resté en faction.

Quelques minutes plus tard, le policier revient me dire sèchement que je peux partir et qu'on me rappellera. Sans demander mon reste, je quitte l'hôpital et retrouve Stéphanie dehors. Isabelle vient tout juste de repartir vers les studios d'Info Plus.

— Où étais-tu pendant le reportage? Je t'ai cherchée partout. Ça ne t'intéresse pas que je passe à la télévision?

Elle prend un air faussement contrit.

— Pardonnez-moi, ô Grande Star du Petit Écran! Je ne voulais pas vous offenser.

— Ça va, ça va! Je ne me prends pas pour une vedette, si c'est ce que tu penses.

— Je n'en suis pas si sûre. Méfie-toi, Alex. Tu sais ce qu'on dit de la vanité? Que c'est le péché préféré du diable. En tout cas, je suis contente de voir ce type entre les mains de la police. Pendant un certain temps, j'ai eu peur que tu lui offres de l'héberger.

— Je l'aurais peut-être fait s'il me l'avait demandé. Pourquoi? Cela t'aurait-il inquiétée?

— Qu'est-ce qu'on sait de lui, après tout? Seulement ce qu'il a bien voulu nous dire. Et puis, tu n'as pas remarqué ce qu'il a dit, chez toi, juste avant de s'évanouir?

— Non.

— Il a dit: «Je ne retournerai pas en prison.» S'il ne veut pas y retourner, c'est qu'il y est déjà allé. Mais pour quel crime?

4

STAR D'UN SOIR

La journée suivante passe à la vitesse de l'éclair. C'est vrai que lorsqu'on se lève à dix heures trente, l'avant-midi est passablement entamé.

En revenant de l'épicerie, je m'arrête devant la vitrine d'une agence de voyages. Une affiche attire mon attention : une plage, des palmiers, un jeune couple regardant vers l'horizon et un slogan : « La Côte-des-Palmes, un paradis abordable ».

Sur un présentoir fixé au mur, des dizaines de dépliants touristiques s'offrent aux voyageurs avides d'exotisme. Il doit bien y avoir là-dedans quelques renseignements sur ce « paradis abordable ». Je ne vois personne derrière le comptoir. Je pousse la porte et pénètre dans l'agence.

Au bout d'une minute, j'ai déjà en mains une petite pile de dépliants que j'ai l'intention de consulter plus tard, quand une voix me fait sursauter.

— Vous vous intéressez à la Côte-des-Palmes ?

Sortie de nulle part, une dame se tient derrière moi, toute menue dans une robe dont le motif de fleurs tropicales semble éclater sur elle comme un feu d'artifice le soir de la Saint-Jean. Probablement encouragée par mon allure jeune-bourgeois-branché, elle lance vers moi, de derrière ses lunettes à montures ornées de faux diamants, le regard du fauve qui vient de repérer une proie facile.

— Vous avez bien raison, continue-t-elle. J'y suis moi-même allée il y a deux ans. L'île venait tout juste de s'ouvrir au tourisme. Maintenant, les billets d'avion s'envolent, littéralement…

— … comme des petits pains chauds !

— Vous m'enlevez les mots de la bouche.

— Mais le régime n'est-il pas un peu… disons… dictatorial ?

— Je vous rassure, ce n'est pas pire qu'à Cuba.

— Tout de même, n'est-ce pas un peu dangereux ?

— Vous voulez rire ? La police surveille chaque coin de rue et il y a des gardiens armés à la porte de chaque hôtel. Vraiment, on se sent en sécurité, là-bas ! Vous verrez, c'est un vrai petit paradis.

Arrivé chez moi, je jette un coup d'œil aux dépliants. Je n'y vois que des gens souriants, les riches comme les pauvres, les enfants autant que les vieillards. Ils ont tous l'air de poser pour une pub de dentifrice.

J'y trouve tout de même un aperçu de l'histoire du pays. Découverte par Christophe Colomb lors de son second voyage, l'île passe des mains des Espagnols à celles des Français au cours des siècles suivants, pour finalement obtenir son indépendance au début du dix-neuvième siècle.

Les Indiens qui la peuplaient à l'origine ont été décimés, et remplacés par des esclaves venus d'Afrique, dont les descendants forment aujourd'hui les deux tiers de la population, le tiers restant se composant à parts égales de Blancs et de Métis.

Sur le régime politique, bien peu de choses. On mentionne des troubles dans les années quatre-vingt, des émeutes dans la capitale, brutalement réprimées par l'armée dont le chef, le général Toussaint Magloire, a fini par s'autoproclamer président de la république.

À en croire ces dépliants, l'île est devenue, sous sa gouverne, l'un des pays les plus pacifiques et les plus stables du monde, habité par d'heureux paysans occupés à chanter toute la journée dans des plantations de canne à sucre ou de cacao. Des images montrent une ville moderne «à la vie nocturne trépidante». D'autres, des plages de sable blanc bordées, bien sûr, des inévitables palmiers... C'est à se demander pourquoi quiconque voudrait quitter un tel paradis.

Mais à quoi ressemble la face cachée de cette carte postale? Il me faudra d'autres documents que ceux-là pour le découvrir. Je fais un tas avec les prospectus et le fourre dans le fond d'un tiroir.

Le temps de dîner, d'appliquer une seconde couche de peinture aux murs du salon, de prendre une douche... et il est déjà l'heure d'aller chez Annie.

En chemin, j'arrête au coin de la rue pour acheter une bouteille de vin. J'opte pour un bordeaux dont l'étiquette, classique, ne semble pas trop crier : «Vin d'appellation dépanneur contrôlée»!

Annie demeure dans le Vieux-Port, près du marché public, des bureaux de Jeff et Jo, mais surtout du bar où elle a ses habitudes et où elle nourrit ses machines à sous.

Dans l'ascenseur qui me mène jusque chez elle, je gratte frénétiquement l'étiquette de prix sur la bouteille. C'est Marcel, le comptable de la boîte, qui vient m'ouvrir.

— Wow! De l'authentique piquette de dépanneur, hurle-t-il. Ça, c'est de la grosse classe!

Tout pour me mettre à l'aise, quoi! Mais ça, c'est Marcel. Et après tout, à quoi peut-on s'attendre d'un comptable qui porte une cravate ornée d'un dessin de Mickey Mouse?

— Voyons, Marcel, lance Annie en sortant de la cuisine, les mains enfouies dans des moufles à fourneau. Retourne cuver ta bière sur la terrasse.

— J'en suis pas encore rendu à cuver quoi que ce soit. La soirée vient juste de commencer.

Il obéit tout de même et nous quitte d'un pas mal assuré, sa silhouette toute ronde disparaissant au bout du corridor.

— C'est gentil d'y avoir pensé, me dit Annie.

Elle fait le geste de tendre les mains, mais alors que je croyais qu'elle voulait me soulager de la bouteille, ses bras poursuivent sur leur lancée, m'enlacent et me plaquent contre sa poitrine. Ses lèvres écrasent sur les miennes un baiser mouillé qui goûte la bière et les chips au vinaigre. Marcel n'est pas tout seul à avoir quelque chose à cuver.

— Oh! Oh! Mais qu'est-ce qui se passe donc ici? demande une voix amusée.

C'est Jeff qui nous observe du bout du corridor.

— J'ai le droit de souhaiter la bienvenue à mes invités, proteste Annie dont le visage est devenu de la même couleur que mon bordeaux. Elle m'arrache presque la bouteille des mains et disparaît dans sa cuisine.

— Fais attention à elle, me dit Jeff, accompagnant son avertissement d'un clin d'œil appuyé. C'est une vraie tigresse.

— Je suis capable de me défendre.

Un des murs du salon est couvert de masques vaudous et de tapisseries naïves et très colorées.

— Des souvenirs de la Côte-des-Palmes, m'informe Jeff. Annie y est allée plus d'une fois, pour des vacances ou en tant que représentante de la compagnie. Ces voyages nous ont procuré bien des contacts.

Je l'accompagne jusqu'à la terrasse où se trouvent déjà Johanne, Marcel, Josée la réceptionniste avec son ami de cœur, Andrée et Laurence, deux secrétaires. Tout le personnel du bureau est présent. Sauf, à mon grand soulagement, monsieur Beausoleil.

— Notre vedette est arrivée, lance Jeff en me présentant au groupe.

Sept paires d'yeux se braquent sur moi.

— Puis, demande Josée, quelle impression ça fait de passer à la télé ?

— Heu... en fait, on n'a pas le temps de penser à grand-chose.

— Moi, dit Laurence, j'ai une tante qui a déjà gagné vingt-cinq mille dollars à *La poule aux œufs d'or*. Elle était tellement énervée qu'elle ne se souvient plus de rien.

— La petite journaliste qui t'interviewait, elle est pas mal «cute», déclare le toujours subtil Marcel. Moi, en tout cas, je ne lui ferais pas mal.

— Toi, Marcel, tu ne ferais de mal à personne.

C'est Annie, arrivant avec un plateau de hors-d'œuvre, qui parle ainsi. Heureux de ne plus être le point de mire du groupe, je m'installe sur une chaise libre et m'empare d'un verre de vin. La conversation dévie sur d'autres sujets, jusqu'à ce que Jeff se lève en faisant tinter son verre à l'aide de son alliance.

— Mes amis, dit-il, d'abord, je vous remercie d'être venus ce soir, en dépit des événements d'hier. C'est le cinquième anniversaire de la création de notre entreprise, et je trouve important de le souligner. Tous ceux et toutes celles qui ont participé à la fondation des Importations Jeff et Jo sont encore au sein de la compagnie et ça, c'est une preuve de fidélité et de confiance dont je suis très fier. (Applaudissements.) Je veux aussi vous annoncer qu'il y a, malgré tout, de bonnes nouvelles. J'ai parlé, cet après-midi, au policier qui enquête sur cette histoire d'immigrants clandestins. Ce qu'il a découvert jusqu'à maintenant lui fait croire que nous sommes, nous aussi, des victimes dans cette histoire. Ces pauvres gens sont probablement entrés par effraction dans le conteneur. Il ne pense donc pas, même s'il ne peut le confirmer officiellement pour l'instant, que nous sommes complices de trafic illégal d'immigrants. Encore moins de les avoir tués. (Nouveaux applaudisse-ments.)

— A-t-on retrouvé ma caisse d'échan-tillons de poterie? s'enquiert Annie.

— Non, malheureusement. Les trafi-quants ont voulu faire de la place dans le conteneur et, pour cela, ils ont dû larguer quelques caisses au fond de l'eau. Il te faudra en commander une autre, j'en ai bien peur.

L'humeur d'Annie s'assombrit. Elle semble contrariée, bien plus d'ailleurs que je ne l'aurais cru. Elle devait tenir beaucoup à la mise en marché de ce nouveau produit.

— Et monsieur Beausoleil, demande Josée, est-ce qu'il va avoir des problèmes, lui?

— Euh... je ne pense pas, répond prudemment Jeff.

— À moins que sa femme ne vienne à l'apprendre, ajoute Marcel en pouffant de rire.

Plus tard, je comprends l'allusion, alors que je demande à Annie pourquoi monsieur Beausoleil n'était pas de la fête.

— Roger pourrait créer son propre site porno avec toutes les images qu'il a téléchargées dans son appareil. Jeff était furieux de voir qu'un de ses employés visitait pendant ses heures de travail des sites qui, disons… n'ont rien à voir avec sa définition de tâche, si tu vois ce que je veux dire. Tout le monde au bureau est au courant et Roger le sait. J'imagine qu'il a un peu honte de lui.

Ça explique les heures supplémentaires qu'il fait le soir et sa hargne à mon endroit. Il a dû s'imaginer que je n'avais rien de mieux à faire que d'aller fouiller dans son ordinateur à la recherche de ses petits secrets.

La nuit est tombée depuis longtemps lorsque je décide qu'il est temps de rentrer chez moi. L'air frais me fera du bien. Alors que Jeff vient de faire sauter le bouchon d'une nouvelle bouteille de mousseux, j'en profite pour lancer un «Bonsoir tout le monde! Je vais me coucher» qui passe inaperçu. Sauf aux oreilles d'Annie qui me rejoint dans le hall.

— Tu ne vas pas me laisser toute seule avec cette bande d'ivrognes, supplie-t-elle en s'accrochant à mon bras comme à une bouée de sauvetage.

— Tu devrais bien t'entendre avec eux. Tu es assez éméchée toi-même, dis-je.

— Je ne suis pas saoule. De toute façon, je peux faire ce que je veux parce que je n'ai pas besoin de conduire pour rentrer chez moi.

Je la remets entre les bras de Marcel et réussis à me glisser dehors.

Arrivé à mon appartement, je rallume mon téléphone cellulaire pour vérifier si j'ai des messages dans ma boîte vocale. Mon ami Sébastien se demande si je suis encore vivant. Suit un message de ma mère qui, de toute évidence, n'a pas apprécié ma prestation aux nouvelles d'hier soir.

— *Dans quelle histoire t'es-tu encore fourré? T'es pas capable de te tenir tranquille? Je te passe ton père, là.*

Ce dernier m'annonce que, devant se rendre à Québec dans quelques jours, il va emprunter le camion de livraison de mon oncle et m'apporter tous mes meubles.

Fantastique! Les choses commencent à bouger un peu. Je me couche et m'endors en faisant des listes de travaux à faire, d'outils à emprunter, d'objets de décoration à acheter.

— Debout!

Un ordre, suivi d'un coup sur mon épaule. J'ouvre les yeux, péniblement. Il fait encore nuit. Mon réveille-matin indique deux heures quarante-sept.

— Lève-toi et pas un mot!

Une voix inconnue, mais provenant d'un homme qui n'entend pas à rigoler. Je sens le contact d'un objet froid contre mon cou, comme un bout de tuyau. Une fois que je suis debout, l'individu recouvre ma tête d'une cagoule et ligote mes mains derrière mon dos.

— Tu vas faire exactement ce qu'on te dit, sinon je te fais exploser la cervelle.

Dans mon esprit, je remplace «bout de tuyau» par «canon d'un pistolet». La situation est claire. Je suis kidnappé et, avec une arme appuyée en permanence contre ma tête, je n'ai pas intérêt à jouer au héros.

J'avance, ou plutôt je suis projeté en avant, je heurte un cadre de porte, puis un autre, je descends un escalier, pour être enfin poussé dans le coffre arrière d'une voiture qui démarre presque immédiatement.

«Ne panique pas! me dis-je. S'ils avaient voulu te tuer, ils l'auraient déjà fait.»

Je réussis à garder juste assez de présence d'esprit pour tenter de deviner le chemin que nous empruntons d'après les virages de la voiture et sa vitesse. Mais il y a tellement de variables dont je dois tenir compte que je perds très vite toute idée de la direction prise par mes ravisseurs.

Je me concentre ensuite sur les bribes de conversation qui proviennent de l'avant du véhicule. Peine perdue! Les voix me parviennent étouffées par le dossier de la banquette arrière et les bruits de la route couvrent le peu que je pourrais entendre.

Enfin, la voiture ralentit et bifurque sur un chemin qui me semble être en terre battue. Au bout de quelques centaines de mètres, elle s'immobilise. Je suis extirpé sans ménagement du coffre, mes pieds nus se posent sur de l'herbe. On me pousse, une porte s'ouvre. Des mains se saisissent de moi et me forcent à m'asseoir sur une chaise. Des pas s'éloignent, une porte claque.

Plus aucun bruit, sauf ceux de ma propre respiration et de mon cœur qui bat à se rompre. Suis-je seul? Je ne peux même pas essayer d'enlever ma cagoule, mes mains étant toujours ligotées. Au bout de quelques minutes, j'entends des pas s'approcher, la porte s'ouvrir et une voix s'exclamer :

— Ah ! Voici donc notre star d'un soir !

C'est une voix d'homme. Il parle avec un accent un peu guttural, difficile à identifier. Avec aussi une drôle de façon de traîner sur certaines syllabes.

— Ne sois pas inquiet, continue-t-il. On veut seulement te poser quelques questions.

— Vous n'utilisez jamais le téléphone, par chez vous ?

— Ha, ha ! Tu as le sens de l'humour. Ça me plaît !

Son rire sonne faux, et son ton de camaraderie semble forcé. S'il veut que nous soyons copains, c'est plutôt mal parti.

— Donc, poursuit la voix, tu te nommes Alexandre Gauthier. Comme tu as pu le constater, nous connaissons ton adresse. Tu es étudiant en informatique au collège Étienne-Parent. Pendant l'été, tu travailles chez Importations Jeff et Jo. Tes parents vivent à Baie-Saint-Paul. Ta petite amie s'appelle Stéphanie.

— Je sais déjà tout cela.

— L'important, c'est que tu saches que nous aussi, on le sait. C'est fou tous les renseignements qu'on peut trouver sur quelqu'un, en quelques heures seulement. C'est encore plus facile quand, comme moi, on a des yeux et des oreilles partout. Pour l'instant, ce que j'aimerais surtout savoir, c'est comment tu as trouvé le nègre.

— Qui?

En réponse à ma question, une solide taloche manque de me jeter au bas de ma chaise.

— Voyons, Alexandre, reprend la voix avec condescendance. Ne fais pas l'imbécile. Ça irrite mes amis. Tu as parlé longuement de ce nègre au bulletin de nouvelles. Comment l'as-tu trouvé?

— Je ne l'ai pas trouvé, c'est lui qui m'a trouvé.

— Alors, je reformule ma question: comment t'a-t-il trouvé?

— Dans le conteneur, il y avait plein de boîtes avec l'adresse de Jeff et Jo. Il s'est planqué près de nos bureaux et, quand je suis sorti, il m'a suivi jusque chez moi, croyant que je faisais partie de l'organisation qui l'avait aidé à quitter son pays.

— Et tu ne fais pas partie de cette organisation?

— Bien sûr que non. Personne chez Jeff et Jo n'a quoi que ce soit à voir là-dedans.

Je suis bien loin de pouvoir affirmer une telle chose. Peut-il sentir que je lui cache la vérité? Heureusement, la cagoule qui masque l'expression de mon visage l'empêche en même temps de constater que je suis un médiocre menteur.

— Que t'a-t-il dit d'autre au sujet de cette organisation ?

— Que les gens qui devaient ouvrir la porte du conteneur seraient ceux qui les mèneraient jusqu'à Montréal. Il n'en savait pas plus.

— Et dans son pays ? À qui a-t-il payé son passage ?

— À un Petit Serpent. C'est le nom qu'il a donné à celui qui l'a recruté à Port-Liberté. Il a parlé d'un fonctionnaire au gouvernement. C'est tout ce que je sais.

Silence. Mon kidnappeur doit être en train de décider s'il doit croire ce que je dis ou pas. Ou de prendre des décisions encore plus importantes. Par exemple, s'il va me laisser en vie ou pas.

— Elle est vraiment jolie, ta petite amie, lâche-t-il enfin. J'ai sa photo sous les yeux. Un beau brin de fille ! Ça serait dommage qu'il lui arrive un accident, pas vrai ?

Je ne dis rien. Je préfère rester silencieux. Mais un son, à mi-chemin entre le grognement et la plainte, s'échappe tout de même de ma gorge, en même temps que tous mes muscles se tendent.

— Je vois que tu n'es pas idiot et que tu as compris le message, continue la voix.

Tiens, ça me donne une idée. Je ne suis pas certain, moi, que personne dans l'entreprise où tu travailles n'ait quoi que ce soit à voir là-dedans, comme tu le prétends. Alors, je vais te donner une grande promotion. Tu vas devenir mon espion officiel chez Jeff et Jo. Ça te va?

— Euh…

— Tu me remercieras plus tard. Pour commencer, vérifie donc qui a commandé la marchandise dans le conteneur. Aussi, essaie de savoir si quelqu'un qui travaille chez vous n'aurait pas, par hasard, vu son train de vie s'améliorer ces derniers temps : nouvelle voiture, plus grosse maison, bijoux, je ne sais pas, moi… N'importe quoi qui montrerait une soudaine et inexplicable rentrée d'argent. Tu vois ce que je veux dire? Bien sûr que tu le vois! Tu es intelligent. Alors, je te contacterai bientôt. Maintenant, retourne te coucher, Alexandre.

Un coup sur ma nuque, aussi violent qu'un choc électrique. Je plonge dans un espace infini, où la lumière et le temps sont abolis.

5

UNE HISTOIRE D'OREILLE

— Il est chouette, ton nouveau bureau.

— Ouais, répond Isabelle. Info Plus a été racheté par un réseau concurrent et les nouveaux propriétaires ont décidé que nous méritions un environnement de travail, disons, plus dynamique.

Un silence gêné s'installe entre nous. Je viens de lui raconter comment, la nuit précédente, j'ai été enlevé, séquestré, interrogé, puis assommé. Et comment je me suis réveillé au petit matin à l'arrière d'un bâtiment abandonné du secteur industriel de la ville. Tout cela s'est passé il y a quelques heures à peine, comme me le rappelle une douleur lancinante à la nuque.

Je ne lui ai pas parlé des menaces contre ma famille et mes amis. Isabelle est mon amie, bien sûr. Elle pourrait, comme bien d'autres, devenir la cible de ce fou furieux. Mais à quoi servirait-il de l'effrayer avec des histoires concernant d'hypothétiques représailles qui ne se réaliseront sans doute jamais ? Pour tout dire, j'ai honte. Honte de m'être placé dans une situation de faiblesse. Honte d'avoir à faire l'espion pour le compte d'un quelconque gangster. Je choisis donc de me taire. À moi de jouer ! À moi de trouver le moyen de régler ce problème !

— Je me sens responsable, dit-elle. Sans cette entrevue, ça ne serait pas arrivé.

— Tu n'y es pour rien, c'est moi qui t'ai appelée. Et j'étais d'accord pour l'entrevue. J'aurais dû savoir que les criminels écoutent aussi les bulletins de nouvelles.

— Moi, je le savais. Et j'aurais pu faire cette entrevue en masquant ton visage et en modifiant le son de ta voix. Mais le temps nous a manqué et… je ne sais pas quoi te dire, Alex. Juste que je suis désolée.

Elle en a vraiment l'air, en tout cas. Mais les regrets ne servent à rien. Je suis venu la voir, comme par réflexe, parce que je suis terrorisé et que je ne vois personne d'autre pour m'aider.

— Si ça peut te consoler, dit-elle, des extraits de l'entrevue ont été diffusés sur des réseaux américains, et même en Europe. Cette histoire a vraiment fait le tour du monde.

— Fantastique ! Maintenant, je vais avoir la mafia internationale sur le dos.

— Tu as une idée sur l'identité de tes kidnappeurs ?

— Celui qui m'a parlé avait un accent étranger, russe peut-être. Je peux te dire aussi qu'il est violent et raciste. Il m'a frappé. Et il n'arrêtait pas d'appeler Jean-Étienne « le nègre ».

— Combien étaient-ils ?

— Difficile à dire. J'ai saisi des bribes de conversation dans la voiture des kidnappeurs. Ils devaient donc être deux. À la maison où on m'a amené, j'ai rencontré celui qui semblait être leur chef. Cela fait donc au moins trois, peut-être plus.

— Et que voulaient-ils savoir ?

— Qui sont les organisateurs de ce trafic d'immigrants clandestins. En gros, c'est ce qui était leur principal sujet de préoccupation.

— C'est important, ça. Ça veut dire que ce ne sont pas les trafiquants qui t'ont kidnappé hier. Mais des gens qui sont à leur recherche.

— J'espère qu'ils vont les retrouver assez vite et qu'ils vont régler leurs petites affaires entre eux.

— Tu sais, Alex, tu devrais appeler le lieutenant Boiteau.

— Il ne m'aime pas. Il me considère comme une nuisance pour son enquête. Je sais d'avance ce qu'il va me dire: «Tu n'avais qu'à ne pas donner d'entrevue!» Ensuite, il va m'envoyer au diable.

— Pas si tu lui racontes ta mésaventure. Il y a là-dedans des renseignements intéressants pour son enquête. Tu n'as rien à perdre de toute façon. Si tu veux, je t'accompagne.

— Qu'est-ce que deux vedettes comme vous peuvent bien espérer d'un pauvre policier comme moi?

Sa question posée, le lieutenant Boiteau se croise les bras, un sourire au coin des lèvres, et attend.

À ma gauche, sur le mur, s'étale une mosaïque constituée des photographies prises par les policiers à l'intérieur du conteneur. Des gros plans qui ne laissent rien à l'imagination et dont la teinte dominante est le rouge. Des trous béants là où il devrait y avoir des yeux, des ventres presque sciés en deux, des moitiés de visages emportées par des rafales de fusils d'assaut. La lumière crue des *flashes* fait ressortir les détails de la moindre plaie. Le type qui a découvert les corps a bien raison. C'est un fleuve de sang qui a coulé, ce matin-là, dans ce conteneur.

— Avez-vous remarqué, lieutenant ? demande Isabelle.

— Quoi ?

— L'homme sur la deuxième photo en haut, à partir de la gauche.

— Qu'est-ce qu'il a ?

— Il lui manque l'oreille droite.

— J'ai remarqué, oui.

— On dirait qu'elle a été tranchée. Un geste posé avant ou après sa mort, d'après vous ?

Le lieutenant s'éponge le front, change de position, finit par s'installer sur la pointe de sa chaise, les bras posés sur le sous-main qui protège le dessus de son bureau, les deux mains jointes comme pour une prière.

— Ça a été fait après sa mort. Mais je vous en prie, ne parlez pas de ce détail. J'aurais masqué ces photos avant votre arrivée si j'avais pensé que vous le remarqueriez. C'est un des éléments que nous avons choisi de cacher à la presse. Un détail qui n'a peut-être aucune importance, d'ailleurs. Si vous voulez, en échange de votre silence, je suis prêt à vous dévoiler un *scoop*.

— C'est-à-dire… ?

— Votre parole d'abord.

Isabelle ne prend que quelques secondes de réflexion avant de dire :

— C'est d'accord, vous avez ma parole.

Au grand soulagement du lieutenant Boiteau, qui se cale dans son fauteuil avant de poursuivre.

— Des plongeurs de la Sûreté ont récupéré, ce matin, les armes qui ont servi lors de la tuerie. Deux fusils mitrailleurs qui, malheureusement, n'ont fait que confirmer ce que nous savions déjà. C'est tout de même plus intéressant qu'une histoire d'oreille coupée, non ?

Isabelle se contente d'un léger sourire.

— Et si nous en venions à la raison de cette rencontre, dit-elle.

Je me racle la gorge, j'inspire profondément et, en essayant de regarder aussi peu que possible vers la gauche, je raconte mon histoire. Encore une fois, je reste muet à propos des menaces contre ma famille et mes amis. D'une part, je vois mal comment la police pourrait les protéger tous. D'autre part, le personnage responsable de mon enlèvement pourrait ne pas apprécier que j'en aie parlé, s'il venait à l'apprendre. Et n'a-t-il pas affirmé avoir « des yeux et des oreilles partout » ?

À mesure que mon récit progresse, le sourire du policier disparaît. Il ne m'interrompt que pour demander quelques précisions. Je termine ma déposition par une demande de protection, ce qui fait froncer les sourcils du lieutenant.

— Tu as l'intention de porter plainte officiellement?

— Euh, peut-être…

— Dans ce cas, bien sûr, nous enquê- terons. Quant à ta protection, je ne peux rien te promettre. Tous mes gars font des heures supplémentaires, ces temps-ci. En tout cas, ne compte pas sur une surveillance à temps plein. Au mieux, on pourra demander aux policiers qui patrouillent dans ton secteur de passer un peu plus souvent dans ta rue…

— Il me semble, intervient Isabelle, que vous traitez un peu à la légère l'enlèvement d'Alex. Votre enquête sur le massacre des clandestins ne permettra à personne de ressusciter. C'est maintenant qu'Alex a besoin de protection. Faudra-t-il qu'il soit assassiné pour que vous vous intéressiez à lui?

Le lieutenant masse son front avec les doigts de sa main droite et pousse un soupir.

— Madame Fortin, dit-il. Je peux vous parler sans risquer de faire la manchette au prochain bulletin de nouvelles?

— Dites toujours, répond Isabelle.

— Êtes-vous déjà allée visiter une morgue?

— Euh… non.

— Rassurez-vous. Je n'ai ni l'envie ni le temps de vous y conduire. Mais si vous y alliez, vous verriez la réalité de ce que vous appelez « le massacre des clandestins ».

— Mais je sais…

— Non! Vous ne savez rien! Ce ne sont pas de vulgaires morceaux de viande avec une étiquette accrochée au gros orteil qui sont là. Ce sont des êtres humains qui avaient des amis, de la famille. Vous traitez cette affaire comme un téléroman dont vous offririez, chaque jour, de nouvelles péripéties à vos spectateurs. Mais ce qui s'est passé dans ce conteneur n'a rien à voir avec le monde du spectacle. Regardez bien ces photographies. Combien de journalistes aimeraient faire le travail de nos experts en scène de crime? Ramasser des bouts de cervelles sur les murs à l'aide de pincettes, et les mettre dans des sacs de plastique en attendant de savoir à quels corps ces morceaux appartiennent, pour pouvoir retourner les cadavres aussi complets que possible dans leur pays, afin que les familles de ces pauvres gens puissent les enterrer et vivre leur deuil. Il n'y a aucun *glamour* là-dedans. Il n'y a que la plus noire des misères humaines.

— Mais…

— Et ne me parlez pas du droit du public à l'information. J'ai bien d'autres sujets de préoccupation. Je dois me battre pour faire débloquer les budgets qui vont me permettre d'envoyer des enquêteurs à Port-Liberté. Nous n'avons presque pas d'indices. Mais ce n'est pas seulement pour ça que cette enquête est compliquée. En plus, il y a plusieurs autorités en cause : celles du port, de la Sûreté nationale, du ministère de l'Immigration. Chacun a son petit bout de juridiction et je passe la moitié de mon temps à les convaincre de collaborer avec nous.

— Excusez-moi, dit Isabelle, mais je ne vois pas le rapport avec la sécurité d'Alex.

— Le rapport ? Y'en a pas, de rapport. Ça m'a juste fait du bien de vous dire tout ça.

Il s'arrête, à bout de souffle. Son regard nous quitte et, d'un geste de la main, il nous signifie que nous pouvons partir. Nous nous levons, Isabelle et moi, en silence. Juste avant de quitter le bureau, Isabelle se retourne pour faire face au lieutenant.

— Je suis désolée de vous avoir donné l'impression que j'étais insensible au drame de ces gens. C'est loin d'être le cas. Pour ce qui est du droit du public à l'information, c'est justement parce que vous manquez de temps pour vous en occuper que je m'en occupe, moi.

Sans attendre de réponse, elle ouvre la porte pour s'en aller mais se ravise, la main toujours sur la poignée.

— Et si je mentionnais au bulletin de ce soir votre difficulté à obtenir des budgets pour votre enquête ? Sans vous citer, bien sûr ! Est-ce que cela pourrait vous aider ?

Le policier saisit un dossier qui traîne sur son bureau et fait semblant de le parcourir.

— Au point où j'en suis, dit-il, ça ne pourra pas me nuire.

L'entretien est terminé. Nous quittons la centrale. Une fois dehors, je demande à Isabelle pourquoi le lieutenant lui a livré ainsi un *scoop* sur un plateau d'argent.

— Cette histoire d'oreille coupée, dis-je, c'est juste macabre, c'est tout. Alors que les fusils mitrailleurs, tout de même…

— Il n'avait pas besoin de m'offrir quoi que ce soit en échange de mon silence. Mon travail ne consiste pas à nuire à celui de la police. Dans la mesure où il considère qu'il vaut mieux taire ce détail, alors je n'en parlerai pas, c'est tout. Quant aux mitraillettes, il l'a dit lui-même : elles ne lui ont rien appris de nouveau.

— Et cette histoire d'oreille. Pourquoi vouloir la cacher ?

— Les policiers ne disent jamais tout ce qu'ils savent. Ils gardent pour eux toutes sortes de détails qui leur permettent, par exemple, d'écarter les témoignages de détraqués qui s'amusent à s'accuser de crimes qu'ils n'ont pas commis, juste parce qu'ils veulent passer aux nouvelles.

— Mais pourquoi les meurtriers se sont-ils débarrassés de leurs armes ? Ils risquaient tout de même de livrer des indices, non ?

— Pas vraiment. D'après les balles et les cartouches trouvées dans le conteneur, les policiers devaient déjà savoir quel était le type d'arme utilisée. En plus, tous les numéros de série et toutes les autres marques distinctives pouvant aider à identifier la provenance des fusils mitrailleurs ont dû être effacés. Et finalement, les tueurs ont dû prendre des précautions pour ne pas laisser leurs empreintes dessus.

— Mais pourquoi gaspiller ces armes ainsi ? Il ne doit pas être si facile de s'en procurer d'autres. N'auraient-elles pas pu servir encore ?

— Justement, non. Il est possible d'affirmer, après examen des marques laissées sur les projectiles, que telle balle a bien été tirée par telle arme. Il était donc risqué pour les criminels de conserver des fusils qui pourraient, si on les trouvait un jour en leur possession, les relier au massacre des clandestins. Une fois leur sinistre besogne accomplie, ces armes devaient leur brûler les mains. Ils les ont donc tout simplement jetées dans le fleuve. Ces gens-là ne sont pas fous. En fait, ça ressemble de plus en plus à certaines façons de faire de la mafia. Il faudrait que je consulte un expert dans ce domaine.

— Moi, dis-je, je connais un expert.

6

LES VALETS DE SATAN

— As-tu toujours ta Studebaker? demande Sébastien à Isabelle.

— Toujours! J'ai l'intention de garder cette bagnole tant qu'elle va vouloir de moi.

Au milieu de la pièce que Sébastien squatte dans le sous-sol de la maison de ses parents, et qu'il appelle son «centre de commandement», se trouve un vaste canapé poussiéreux. Sur les bibliothèques qui couvrent les murs s'empilent des dossiers et des livres dont la plupart traitent de son sujet de prédilection: le crime organisé sous toutes ses formes et dans toutes ses ramifications: régionales, nationales et internationales.

— Au Québec, dit-il fièrement, il n'y a que la Sûreté nationale qui ait plus de documentation que moi sur les différentes mafias. Alors, que puis-je faire pour vous?

Je lui expose tous les faits que je connais et termine par le récit de mon enlèvement en évitant, là encore, de mentionner les menaces proférées contre mes amis.

— D'après ce que je connais du trafic d'immigrants ailleurs dans le monde, énonce Sébastien après quelques secondes de réflexion, je pense que tout ça n'a aucun sens. Quel intérêt y a-t-il à faire venir des clandestins ici, avec tous les risques que cela comporte, si c'est pour les tuer dès leur arrivée ?

— Ils devaient avoir de l'argent sur eux, pour payer leur passage, dis-je. Les passeurs se sont dit : « Prenons leur argent et tuons-les, on n'a rien à perdre. »

— Au contraire, ils avaient beaucoup à perdre. Premièrement, ces immigrants n'avaient sûrement pas de grosses sommes sur eux. Autrement, ils seraient des proies trop faciles. Les milliers de dollars que coûte le voyage sont le plus souvent payés au trafiquant par des amis ou des membres de la famille déjà installés ici. Et seulement après qu'ils ont reçu une preuve que le voyageur est arrivé sain et sauf à destination.

— D'où l'importance de les garder en vie, conclut Isabelle.

— Exact ! Deuxièmement, ce massacre a été couvert par les médias partout sur la planète. Y compris par la presse de Port-Liberté. La mauvaise publicité faite à l'organisation des passeurs est suffisante pour leur briser les reins.

— Mais tout le monde ne savait pas que les clandestins n'avaient pas beaucoup d'argent sur eux, dis-je. D'autres personnes que les trafiquants auraient pu…

— Tu veux dire, m'interrompt Isabelle, que deux promeneurs qui se baladaient par hasard sur les quais avec une mitraillette sous le bras se seraient dit : « Allons trucider des immigrants clandestins, pour voir s'ils n'auraient pas un peu d'argent dans leur poche ? » Soyons sérieux !

— Il y a autre chose qui me chicote, ajoute Sébastien. Le trafic d'immigrants clandestins est une des spécialités de la mafia russe. Or, elle est très peu active dans la région de Québec. Elle est mieux implantée à Montréal.

— Mais la destination des clandestins était justement Montréal.

— Tu m'as dit aussi que ton kidnappeur, d'après son accent, pourrait être un Russe. S'il cherche à savoir qui est derrière ce trafic, c'est qu'il n'y est pour rien. Ceux qui contrôlent le crime organisé dans la région, ce sont les Satan's Jacks.

— Les Satan's Jacks, murmure Isabelle. Les Valets de Satan. Dis donc, n'est-ce pas ce club de motards dont les membres se font tatouer une carte à jouer avec le portrait du diable sur le bras?

— Ils sont derrière tout le trafic de drogue et tous les réseaux de prostitution de la ville, répond Sébastien. Mais l'immigration clandestine, ce n'est pas leur truc.

— Rien ne les empêche, dis-je, de vouloir développer de nouveaux commerces. L'immigration clandestine, pour eux, c'est un trafic comme un autre. Et on a déjà vu des immigrants clandestins utilisés pour passer de la drogue, non? Et des immigrantes forcées de se prostituer pour payer leur dette aux passeurs, ça se peut, ça aussi. Non?

— Là, admet Isabelle, tu as raison. Il pourrait même s'agir d'une association entre la mafia russe et les motards, les premiers apportant leur connaissance de ce type de trafic, les autres, la force de leur organisation.

— Tout ça, ce ne sont que des suppositions, tempère Sébastien. Et ça ne répond pas à la question principale: qui est responsable du massacre?

— Nous n'en sommes qu'à l'étape des hypothèses. Pour l'instant, il n'est pas inutile de savoir qui sont les trafiquants. Tu as de la documentation sur les Satan's Jacks?

Sébastien désigne une tablette sur le mur, bourrée de livres et de dossiers.

— Cette tablette leur est consacrée. J'ai leur histoire au complet. Depuis leurs débuts en tant que petite bande d'amateurs de Harley Davidson, quand leurs crimes les plus importants étaient des excès de vitesse dans les centres-villes de l'Idaho, jusqu'à la multinationale du crime que nous connaissons aujourd'hui. Regardez ça.

Il extirpe, d'une rangée de volumes, un livre dont la couverture multicolore semble vouloir nous sauter au visage. Le titre s'étale en lettres de feu sur un fond vert fluo : *Riding the Storm. The Autobiography of Charles "Chico" McPherson.*

— Ce sont les mémoires du fondateur des Satan's Jacks. Il n'y a que cent exemplaires de ce bouquin sur la planète. J'ai acheté celui-ci sur un site d'enchères américain. Il m'a coûté une semaine de salaire. Je parie que ton lieutenant Boiteau ne l'a même jamais vu, ce livre-là. J'ai aussi deux cédéroms bourrés de documents trouvés sur Internet, c'est-à-dire dix fois plus que ce qu'il y a sur cette tablette. Je n'imprime pas tout ce que je repère sur le Web, sinon c'est toute la maison que je devrais réquisitionner.

— Ce qu'il nous faudrait, dit Isabelle, c'est une sorte de « revue de l'année » des activités des motards dans la région. Un genre d'almanach du crime qui nous indiquerait, semaine après semaine, à quelles activités ils se livrent. Histoire de voir à quelles affaires ils sont mêlés. À part la police, je ne vois pas qui pourrait disposer de telles archives.

— Moi, répond Sébastien.

Il prend sur une tablette une pile de grands cahiers qu'il dépose devant nous.

— Depuis quatre ans, dit-il, je découpe dans le journal tout ce que je trouve sur les motards, et je colle ces coupures dans ces cahiers. Ce n'est pas très sophistiqué comme technologie, mais l'information est là. Et classée chronologiquement, en plus.

Nous nous séparons le travail. Je me charge des trois cahiers qui couvrent l'année 1998. Sans grand enthousiasme, car je doute de l'utilité même du travail que nous entreprenons.

— Qu'est-ce qu'il faut chercher au juste ? dis-je. Un article annonçant l'ouverture officielle d'une succursale de la mafia russe à Québec ?

— On ne saura pas ce qu'on cherche tant qu'on ne l'aura pas trouvé, rétorque Isabelle. Alors, lis !

Deux heures plus tard, je referme mes cahiers. J'en sais beaucoup sur l'utilisation par les motards de la Charte des droits et libertés dans le but de faire avorter leurs procès. Quant à la popularité de la culture hydroponique de la marijuana dans les bungalows de banlieue, elle n'a plus de secret pour moi. Pour le reste, je ne suis guère plus avancé.

— Aurais-tu une loupe, Sébastien ? demande Isabelle.

Elle tient un des cahiers ouvert devant elle. Sébastien fouille dans un tiroir de son bureau, puis lui tend l'objet. Isabelle s'en empare et entreprend d'inspecter la photo qui accompagne un article.

Je me lève pour jeter un coup d'œil par-dessus son épaule. Quelques dizaines de personnes se tiennent sur le parvis d'une église : des policiers, des curieux, mais surtout des membres de gangs de motards, reconnaissables à leurs vestes de cuir ornées d'écussons.

— Cette photo a été prise lors des funérailles de Joey Labonté, un membre important des Satan's Jacks assassiné par des membres d'un gang rival, précise Sébastien. Des motards étaient venus de Californie, et même d'Europe, à cette occasion. As-tu reconnu quelqu'un ?

— Je l'avais cru, mais je n'en suis plus certaine.

Je prends la loupe et j'examine à mon tour le personnage qui l'intéresse. Je comprends qu'elle ne puisse être sûre de rien. L'individu en question porte des verres fumés et il a la moitié du visage dans l'ombre du motard qui se tient à ses côtés. De plus, il est en train de porter une cigarette à ses lèvres, sa main lui masquant ainsi une partie de la bouche et du nez. Pour couronner le tout, le grain de la photographie est tellement gros qu'à la loupe, ses traits évoquent plus une grille de mots croisés qu'un visage humain.

— Pour moi, ça ne ressemble à rien. Qui donc croyais-tu avoir vu ?

— En l'apercevant, j'ai eu comme un *flash*, répond-elle, esquivant ma question. Maintenant, plus je le regarde, moins je suis sûre de ce que je vois. (Elle se tourne vers Sébastien.) As-tu d'autres documents sur ces funérailles ? lui demande-t-elle. D'autres photos, surtout ?

— Non, je ne crois pas.

Isabelle se frappe le front avec sa main, puis jette un coup d'œil à la coupure de journal.

— Suis-je bête !

— Je dois admettre que parfois…

— La réponse à ma question se trouve probablement chez Info Plus, poursuit-elle, sans relever ma plaisanterie. Le réseau avait sûrement réalisé un reportage sur cet événement. Il n'y a qu'à visionner les bandes vidéo qui ont été tournées à cette occasion. Puisque ce type était là, on le verra sûrement.

— Est-ce que ça veut dire qu'on va faire un petit tour en Studebaker? demande Sébastien.

— Exactement! répond Isabelle.

Une pièce exiguë dans les studios d'Info Plus. Un technicien nous apporte en bâillant une cassette vidéo qu'Isabelle introduit dans un magnétoscope.

Sur l'écran du téléviseur défilent les images qu'on associe habituellement aux funérailles chez les motards: un cercueil couvert de couronnes mortuaires, dont l'une en forme de Harley Davidson; un prêtre rappelant, de sa voix douce, que Dieu pardonne même aux plus grands des pécheurs, si leur repentir est sincère; des badauds rassemblés devant l'église; des policiers photographiant des motards; des motards photographiant des policiers.

Puis, enfin, l'image attendue, immédiatement figée sur l'écran. Le même homme que sur la coupure de journal dans le cahier de Sébastien. Cette fois, on distingue parfaitement ses traits. Petit et mince, quoique musclé, les cheveux striés de gris, maintenus en place par au moins un kilo de gel coiffant. Il ressemble, avec sa veste de cuir noire, à une caricature de rocker des années cinquante. James Dean qui aurait mal vieilli.

— Vas-tu enfin nous dire de qui il s'agit?

— Messieurs, je vous présente Albert Lacombe.

— C'est qui, lui? demande Sébastien.

— Nul autre que l'employé du port qui a découvert les cadavres dans le conteneur. Le matin où il a rencontré les médias, il était plutôt défraîchi, sans lunettes, les cheveux défaits, en jean et tee-shirt. Là, c'est visible qu'il s'est mis sur son trente-six. Avec sa belle veste de motard…

— Ce n'est pas un motard, proteste Sébastien. Il ne porte pas de couleurs.

— Pour moi, dis-je, un motard est un motard. Qu'entends-tu par « couleurs »?

— Je parle de l'insigne qui l'identifie à une bande, répond Sébastien, montrant du doigt un autre individu, à l'arrière-plan. Celui-ci porte dans son dos l'insigne des Satan's Jacks: une tête de mort en train de vomir.

— Chaque club a ses propres couleurs et veille dessus jalousement, intervient Isabelle. Malheur à celui qui les porterait sans être un membre en règle. Il y a des gens qui se sont fait tabasser pour ça.

— Ce type ne porte aucun écusson, continue Sébastien. Il n'est donc membre d'aucun club. Par contre, l'homme avec lequel il semble en grande conversation en porte un, lui.

Une analyse attentive de la bande vidéo montre que chaque fois qu'Albert Lacombe apparaît, c'est en compagnie du même groupe d'individus.

— Ceux-là, indique Isabelle, portent un signe différent. On dirait un poing fermé, avec le majeur pointé vers le haut. Mais je suis incapable de lire ce qui est écrit dessous. Crois-tu que, dans tes archives, tu aurais des renseignements sur ce club?

— Pas nécessaire de fouiller dans mes archives. Ce sont les couleurs des Filthy Fingers, un gang de motards formé plus récemment. Ils sont alliés aux Satan's Jacks, dont ils sont parfois considérés comme le club-école. (Il pointe du doigt deux motards un peu en retrait.) Parmi les dix fondateurs des Filthy Fingers, ces deux-là sont les derniers à être encore en vie. Ils devraient être les prochains à obtenir leur place dans le «grand club». Lui, c'est Charles «Fucké» Drolet, et l'autre, c'est Denis «Zorro» Moisan.

— Drôle de surnom! s'exclame Isabelle. Pourquoi le lui a-t-on donné?

— À ses débuts, explique Sébastien, il s'amusait à inscrire ses initiales au couteau sur le front de ses victimes. Il devait trouver que cela lui donnait un certain genre. Il a mis fin à cette petite manie quand un autre motard lui a fait remarquer qu'à force de laisser des indices comme ceux-là aux policiers, il allait se faire prendre.

— Pas très intelligent, le bonhomme.

— Je n'ai jamais dit qu'il l'était.

— Si l'intelligence n'est pas un préalable, dis-je, comment mérite-t-on sa place chez les Satan's Jacks?

— Pour résumer, il suffit d'être de race blanche, de posséder une Harley Davidson et d'avoir commis un meurtre.

— Et Albert Lacombe, dans tout ça?

— Ce n'est qu'une hypothèse, bien sûr, mais il pourrait être un *hang around* des Filthy Fingers.

— Une sorte de recrue?

— Même pas une recrue. Juste le genre d'individus que les motards tolèrent dans leur entourage, parce qu'ils les utilisent de temps en temps pour porter leurs valises... ou creuser des tombes.

— Tout ça est du plus haut intérêt, dis-je, mais ce n'est tout de même pas parce qu'Albert Lacombe était aux funérailles d'un motard qu'il est pour autant responsable du massacre. Il travaille réellement comme débardeur au port, et c'est comme ça qu'il a découvert les clandestins. Les gens qu'il fréquente dans ses loisirs, ça ne nous regarde pas. Si ça se trouve, le défunt était un membre de sa famille.

— Ça vaudrait la peine de vérifier, déclare Isabelle. Mais je suis du genre à penser que lorsqu'on peut relier une affaire aux motards, ce n'est jamais par accident. Je vais partager notre découverte avec l'agent Boiteau. Sa réaction pourrait être des plus instructives.

— Je serais étonné qu'il ne soit pas déjà au courant, fait remarquer Sébastien. La police doit avoir des dossiers sur tous ces individus.

— Mais a-t-il fait le lien ? Est-il déjà sur la piste des motards ? C'est ce que j'aimerais savoir.

Nous laissons Isabelle à son enquête. Je propose à Sébastien de nous mêler aux touristes et d'aller flâner un peu dans le Vieux-Québec. C'est dimanche, et la dernière chose dont j'ai envie, c'est de me retrouver tout seul chez moi à contempler les murs nus de mon appartement.

Il fait nuit quand j'arrive finalement chez moi, en compagnie de Sébastien, qui veut bien m'aider à rendre mes portes et mes fenêtres plus résistantes aux intrusions nocturnes.

— Tu devrais t'acheter un gros chien, genre Rottweiler, lance-t-il alors que nous arrivons par la ruelle mal éclairée.

Au pied de l'escalier en colimaçon qui mène au balcon de mon appartement, j'extrais de ma poche mon trousseau de clés et essaie, à tâtons, de trouver la bonne.

— Améliorer l'éclairage, ça ne sera pas du luxe. Je préférerais un système d'alarme plutôt qu'un chien. Mais un bon système, ça coûte la peau des...

— Pas un mot!

J'ai à peine le temps de comprendre ce qui m'arrive que je sens la lame d'un couteau se poser sur mon cou. En jetant un regard en biais du côté de Sébastien, je comprends qu'il est dans la même situation que moi. Il n'y a personne aux alentours, à part nous et un nombre indéterminé d'assaillants.

Le bruit d'une télé me parvient d'un appartement voisin. Devrais-je appeler à l'aide? Je perçois une légère vibration dans la lame contre mon cou. Le type à l'autre bout du couteau a l'air pas mal agité. Ce n'est pas le moment de l'énerver encore plus. Pourvu que Sébastien ne veuille pas jouer au héros.

— Qu'est-ce qu'il a dit, le Noir? demande-t-on derrière moi.

— Je vous ai dit tout ce que je savais, hier.

— Euh… Comment ça, hier?

— Quand vous m'avez kidnappé, je ne vous ai rien caché.

— Ben… Répète ce que tu as dit!

Cette voix me semble familière. Mais, filtrée par une cagoule, elle échappe à toute identification. Je répète ce que je sais, ni plus ni moins.

— C'est tout? dit la voix.

— C'est tout.

— Alors maintenant, tu vas te tenir bien tranquille, te mêler de tes affaires et, surtout, plus de collaboration avec la police. Tu m'entends?

— Oui.

— Je ne voudrais pas être obligé de… euh… faire éclabousser ta cervelle sur le mur. Compris?

On dirait qu'il récite une réplique tirée d'un mauvais film policier. Je me contente de répondre «Compris!»

— Maintenant, tu vas compter jusqu'à dix. Non, jusqu'à cinquante. Tu ne bouges pas avant.

J'entends des pas qui s'éloignent rapidement et je décide de compter jusqu'à dix, pour la forme. Je ne suis pas rendu à cinq que Sébastien s'élance à la poursuite des assaillants, au moment même où un crissement de pneus se fait entendre en provenance de la rue d'à côté. Il revient bientôt, évidemment bredouille.

— Qu'est-ce qui t'a pris de partir après eux comme ça?

— Je voulais voir leur numéro de plaque, mais ils devaient avoir un complice dans la voiture prêt à démarrer. Ils étaient déjà loin.

— Tu veux boire quelque chose?

Assis dans ma cuisine, un verre de jus de pomme entre les mains, je fixe la ligne du liquide doré qui vibre, tressaille au rythme du tremblement de mes mains.

— Ce n'étaient pas les mêmes, dis-je.

— Qu'est-ce qui te fait croire ça?

— Ils ont été étonnés quand j'ai mentionné le premier kidnapping. Ils ont fait semblant d'être au courant. En fait, ils ne savaient pas de quoi je parlais.

— Peut-être qu'il faudrait appeler la police, propose Sébastien.

— Je n'ai rien dit de plus que la première fois. Ils se sont contentés de faire des menaces ridicules, en disant qu'ils allaient faire éclabousser ma cervelle sur le mur, puis ils sont partis. Comme s'ils voulaient seulement m'intimider.

— C'est pas évident, avec un couteau, d'éclabousser un mur avec une cervelle. Avec un revolver, je ne dis pas, mais avec un couteau... À la limite, peut-être, la tartiner sur le mur.

Sébastien rit, bêtement, d'un rire nerveux.

— Doucement! C'est de ma cervelle que tu parles.

— En tout cas, ils n'avaient pas d'accent russe.

— Je n'y connais pas grand-chose, mais les premiers, ils savaient ce qu'ils faisaient. Ce soir, c'étaient des amateurs.

— Amateurs ou pas, ils m'ont foutu la trouille.

— Il y aurait donc deux gangs, dis-je. Celui de ce soir, appelons-le «le gang des Amateurs». Et celui du Russe, appelons-le «le gang de Dimitri». Ils cherchent tous des renseignements. Mais lesquels?

— Tu oublies les Filthy Fingers et les Satan's Jacks. Isabelle a raison: quand on peut relier une affaire aux motards, même de loin, ça n'est jamais dû au hasard. Ça fait donc pas mal plus que deux gangs.

J'aimerais bien savoir ce que tous ces gens fricotent ensemble…

— Ensemble? Plutôt les uns contre les autres. Ils ont l'air d'être en compétition. Si je savais ce qu'ils cherchent, je le leur donnerais, pour qu'ils me laissent tranquille.

— Si j'étais toi, suggère Sébastien, je laisserais les lumières allumées, cette nuit.

J'ai failli demander à Sébastien de rester, ce soir. Une sorte d'orgueil mal placé m'a retenu de le faire. Je le regrette maintenant.

J'ai cherché par où les types du «gang à Dimitri» ont pu pénétrer chez moi la nuit dernière. En vain. Tout semble normal et solide. J'ai appuyé le dossier d'une chaise contre la poignée de l'unique porte de mon appartement. J'ai fait le tour des fenêtres, toutes verrouillées. Seule celle de ma chambre est entrouverte, mais elle est à cinq mètres du sol, au moins, et donne sur un mur qui n'offre ni appui ni aspérité intéressante à un éventuel alpiniste.

Par la fenêtre, des bruits parviennent jusqu'à moi. Même à cette heure tardive, Limoilou est un quartier bien vivant. Des rires, des conversations, des portes qui se ferment, l'alarme d'une voiture qui s'est déclenchée. Au loin, un chien hurle.

Et d'autres bruits aussi, plus difficiles à reconnaître. Un bruit aigu et métallique, qui s'étire comme une plainte : est-ce un train qui freine, ou bien quelqu'un glisse-t-il le long de la gouttière ? Des bruits sourds et répétés : un autre locataire frappe-t-il sur un mur, ailleurs dans l'immeuble ? Ou quelqu'un marche-t-il sur le toit ?

On dit qu'on ne peut pas connaître ce qu'est le vrai silence. Pas de son vivant, du moins. On finit toujours par entendre le bruit des battements de son propre cœur. En tout cas, ce n'est pas ce soir que je vais m'endormir en écoutant mon cœur battre.

7

UN TERRORISTE EN FUITE

— Une grosse fin de semaine, Alex?

De son poste derrière le comptoir de la réception, Josée me lance un sourire radieux. Que lui répondre? Qu'après m'être fait enlever, assommé, menacé d'un couteau, je n'ai pas pu dormir de la nuit? Je me contente de lui adresser mon plus beau sourire, ce qui ne semble d'ailleurs pas la convaincre, car elle ajoute:

— Hou, là! Ça va si mal que ça?

Jeff, que je croise dans le corridor, m'annonce que deux personnes m'attendent dans la salle de réunion où je me dirige donc illico. Le lieutenant Boiteau est là, en compagnie d'un autre homme, un Noir, immobile et comme un peu endormi sur une chaise à l'autre bout de la grande table qui occupe le centre de la pièce. Je serre la main du policier et me tourne vers l'inconnu, attendant des présentations qui ne viennent pas. Je m'asseois.

— Alors, lieutenant, dites-moi que vous avez de bonnes nouvelles. Que les coupables du massacre sont en prison.

— Désolé, Alex. Pas de bonnes nouvelles ce matin. Au fait, as-tu récupéré ton téléviseur ?

— Pas encore.

— Et tu as lu les journaux ?

— Non plus.

Sans un mot, il déplie un journal du matin et le pose à plat devant moi. En première page du tabloïd, la photo d'un spectaculaire accident de la route, avec le titre « Une famille décimée ». Mais c'est une autre photo que le policier tient à me montrer. Au-dessus, dans le coin droit, et en noir et blanc, celle de Jean-Étienne. Une photo d'identité judiciaire sur laquelle il semble effrayé, ou de mauvaise humeur, ou un mélange des deux. En dessous, ces simples mots : « Le survivant du massacre s'évade ».

— Comment a-t-il fait ça ?

— Un hôpital n'est pas une prison, Alex, dit-il comme pour s'excuser.

En page trois, il y a plus de détails. On y parle du gouvernement de la Côte-des-Palmes qui exige l'extradition de Jean-Étienne, recherché dans son pays pour terrorisme.

— Un terroriste?

— Je te laisse le journal, me répond le policier. J'ai tenu à te rencontrer pour te prévenir : cet homme est dangereux. Lis l'article, tu comprendras. Il va peut-être essayer d'entrer en contact avec toi.

— Pourquoi moi?

— Tu l'as déjà aidé, non? Et il ne connaît pas grand monde par ici. Il n'a pas l'air d'avoir compris qu'il est plus en sécurité avec nous qu'en liberté. Alors, si tu le vois, appelle-moi. D'accord?

— Ouais…

Ma réponse n'a pas l'air de le convaincre et il sent le besoin d'insister.

— C'est important, Alex. Je suis certain qu'il n'a pas dit tout ce qu'il sait, qu'il détient des renseignements qui nous aideraient à résoudre cette affaire. Mais il s'est tout le temps méfié de nous. Il n'a pas collaboré à l'enquête. Toi, vas-tu nous aider?

À moitié rassuré sur mes intentions, il se résigne enfin à me présenter le personnage, toujours silencieux mais attentif, qui n'a cessé d'observer notre échange.

— Alex, je te présente monsieur Donatien Servant, ambassadeur de la Côte-des-Palmes dans notre pays. Il a tenu à te rencontrer pour te remercier, je crois…

Comme s'il n'attendait que ce signal, l'homme se lève, ou plutôt se déplie devant moi. Il me dépasse d'au moins une tête. Deux bras immenses se tendent dans ma direction. Deux longues mains, fines et sèches, enserrent les miennes.

— Alexandre, enfin! Comme je suis heureux!

Le lieutenant Boiteau s'éclipse, prétextant d'autres rendez-vous. De la voix de celui qui est habitué à donner des ordres, l'ambassadeur l'interpelle:

— Ne vous éloignez pas, lieutenant. Je pourrais encore avoir besoin de vous.

Il se retourne ensuite vers moi.

— Tous les Palmois s'unissent à moi pour vous remercier de ce que vous avez fait pour ce pauvre homme qui, malgré ses crimes, est tout de même l'un de nos frères.

Je proteste faiblement en adoptant l'attitude humble de celui qui n'a fait que son devoir de citoyen. J'essaie discrètement de récupérer mes mains, mais sa poigne se resserre.

— Ne diminuez pas votre mérite, Alexandre. Mais, dites-moi...

— Oui?

Il lance un rapide coup d'œil en direction de la porte, comme pour vérifier que nous sommes bien seuls.

— Ce pauvre homme, justement…
poursuit-il.

— Oui?

— Ne vous aurait-il pas confié quelque
chose?

— Il m'a juste raconté son voyage…

— Je veux dire, confié un objet?

— Non, rien…

— Une enveloppe?

— Rien du tout, non.

L'étau de ses mains sur les miennes se
relâche peu à peu, en même temps que son
regard redevient celui d'un diplomate en
mission officielle.

— Je suis certain, dit-il, que si vous vous
rappeliez quelque chose, vous me contac-
teriez sans délai.

Il glisse sa carte de visite dans ma
main, se retourne brusquement et disparaît dans un grand mouvement de son
imper.

La pièce où je suis maintenant seul
reprend peu à peu sa réalité. Mes mains
posées sur la table, je contemple le mobilier
un peu défraîchi, rassurant dans sa banalité.
Cet homme, que voulait-il vraiment? A-t-il
fait tout ce chemin seulement pour me
remercier? Il semblait bien plus intéressé
par des renseignements que je possède, ou
qu'il croit que je possède. Un de plus…

Le journal est encore ouvert devant moi, à la page trois. On y parle du Front de la résistance palmoise, un mouvement de rébellion contre la dictature, d'attaques à la bombe contre des postes de police, de morts... Condamné à être pendu, Jean-Étienne s'est échappé, le mois dernier, de la prison de Fort d'Espoir.

Ayant maintenant retrouvé sa trace à Québec, le gouvernement de la Côte-des-Palmes réclame son extradition vers Port-Liberté, «afin que la justice suive son cours...» Dixit le président Toussaint Magloire, dont un portrait accompagne l'article : dans son habit de général, la poitrine bardée de médailles au point de rendre superflu le port d'une veste pare-balles, le visage dur sous un tricorne à plumes, les traits assombris par une grimace qui se veut un sourire, mais qui évoque plutôt le ricanement d'une bête montrant ses crocs.

— Alex, Roger a besoin de toi dans son bureau.

C'est Jeff qui me rappelle ainsi à l'ordre. J'obtempère et, le journal sous le bras, je prends la direction du bureau de monsieur Beausoleil, du pas du condamné marchant vers le poteau d'exécution. Alors que je passe à côté de lui, mon patron prend soin de me préciser :

— Sois patient! Il est un peu grognon, ce matin.

Un peu grognon? Carrément hargneux, oui! Comme s'il me tenait personnellement responsable de la découverte, par la police, de sa collection d'images pornos. Ou peut-être a-t-il honte? Tout le personnel du bureau est maintenant au courant de son petit secret. Résultat, il se défoule sur moi.

L'avant-midi passe lentement et c'est avec plaisir que j'accueille le moment d'aller dîner. J'accepte l'invitation d'Annie et nous allons ensemble au restaurant-bar près des bureaux de Jeff et Jo, où tout le monde semble la connaître.

Mais aussitôt son repas engouffré, Annie me quitte, disparaît dans le bar attenant à la salle à manger et s'installe devant un appareil de loterie vidéo. Je profite des quelques minutes de liberté qui me restent pour appeler Isabelle avec mon cellulaire, histoire de vérifier si elle en sait plus que ce que j'ai appris par le journal.

— *Désolée, Alex*, dit-elle. *Il n'y a pas grand-chose de nouveau.*

— Mais Jean-Étienne pourrait-il vraiment être déporté?

— *Il n'existe pas de traité d'extradition entre la Côte-des-Palmes et notre pays. J'ai vérifié. Et le fait qu'il soit condamné à mort là-bas, alors qu'ici la peine capitale a été abolie, joue aussi en sa faveur. Cependant…*

— Cependant quoi? Il me semble que c'est assez clair. S'il demande l'asile politique, le gouvernement aura-t-il le choix?

— *Rien n'est jamais aussi tranché dans le merveilleux monde de l'immigration. Depuis l'attentat contre les tours du World Trade Center, le gouvernement a beaucoup durci sa politique envers les immigrants. Il n'accorde plus le statut de réfugié politique aussi facilement qu'autrefois. Jean-Étienne a maintenant une étiquette de terroriste collée au front et personne ne peut prédire la réaction des autorités face à son cas. Une chose est sûre, les questions concernant la «sécurité intérieure du pays» auront beaucoup de poids dans la balance.*

— Plus de poids que son droit à l'asile politique?

— *C'est la question qu'ils devront trancher. Et tout à fait entre nous, je préfère ne pas être à leur place.*

— As-tu parlé au lieutenant Boiteau d'Albert Lacombe et de ses liens avec les motards?

— *Je l'ai appelé ce matin. Il n'a presque pas réagi, puis il m'a vaguement dit que Lacombe était sous enquête et fortement suggéré de me mêler de mes affaires.*

— Je ne sais pas pour toi, mais quand on me dit ça à moi, j'ai toujours envie de faire exactement le contraire.

— *Attention, Alex. Ces gars-là ne sont pas des enfants de chœur. Au fait, s'il n'y a pas grand-chose de nouveau ici, il y en a à Port-Liberté. J'ai communiqué avec un journaliste de Miami, qui couvre l'actualité dans toutes les Antilles. Il est en contact régulier, par ondes courtes, avec des infor-mateurs de la Côte-des-Palmes.*

— Pourquoi, par ondes courtes ?

— *Parce que le réseau téléphonique de l'île n'est pas relié au continent. Question commu-nications, c'est plutôt primitif, là-bas. Par exemple, la télé et la radio ne servent qu'à véhiculer la propagande officielle.*

— Alors, comment font les gens pour s'informer ?

— *La machine à rumeurs fonctionne à plein régime.*

— Et que dit-elle, ces temps-ci, la machine à rumeurs ?

— *Là-bas, toute cette histoire a fait autant de bruit qu'ici, sinon plus. Il paraît qu'un fonc-tionnaire du gouvernement a été victime d'un attentat à la bombe. Un fonctionnaire qui serait mêlé au trafic d'immigrants clandestins entre la Côte-des-Palmes et le Québec.*

— Je me rappelle que Jean-Étienne avait parlé d'un fonctionnaire qui aurait servi d'agent recruteur. Mais pourquoi aurait-il été assassiné ? Et par qui ?

— *Il y a*, dit Isabelle, *des familles, là-bas, qui doivent être très en colère.*

— Que veux-tu dire ?

— *Les immigrants clandestins avaient des parents dans leur pays, qui les ont aidés financièrement, en payant aux trafiquants une partie des frais de passage. Maintenant qu'ils sont morts, ces parents ont dû demander le remboursement de ces acomptes. Si ce fonctionnaire était vraiment un complice des passeurs, et qu'il ait refusé de rembourser les familles, celles-ci auraient pu…*

— … auraient pu le tuer, et ainsi réduire à néant leur seule chance de revoir leur argent ? Ça ne me semble pas très probable.

— *Si ces événements sont liés, alors la réponse à ces questions nous donnerait la réponse à bien d'autres.*

Je raccroche, jette un coup d'œil à la boule de crème glacée qui finit de fondre devant moi, vérifie l'heure à ma montre, puis décide qu'il est temps de retourner travailler. Je retrouve Annie installée devant un gobe-sous.

— Il faut y aller, dis-je.

— Déjà ? Zut ! Juste au moment où ma chance allait tourner. Tu n'aurais pas un dollar à prêter à une vieille amie ? Je suis à court de pièces.

— On va être en retard.

— Un dernier coup, implore-t-elle.

Je lui tends la pièce convoitée, qu'elle insère dans la machine.

— Tiens ma main, Alex. Tu vas me porter chance.

Je prends sa main qui est toute froide. De son autre main, elle appuie sur l'écran pour commander des cartes. Elle caresse presque la machine dans une tentative dérisoire pour l'amadouer.

— Tu sais, dis-je, cette machine n'a pas de volonté propre. Elle est simplement programmée pour que tu perdes ton argent.

Elle ne m'écoute pas, murmure entre ses dents :

— Vas-y, ma vieille. Fais ça pour moi.

Je n'ai pas besoin de regarder l'écran pour connaître le résultat. La mine déconfite d'Annie est suffisamment éloquente.

— Je ne suis pas en forme aujourd'hui, dit-elle. Peut-être demain…

8

SAUVÉ DES FLAMMES

— Au revoir, Alex! Repose-toi bien!

— À demain, Jeff.

Mon patron referme la porte derrière moi et actionne le système de sécurité. Nous sommes jeudi soir, il est neuf heures et je suis enfin libéré. Cette semaine a été plutôt difficile. Le retard dans notre travail, occasionné par la perquisition des locaux et les nombreux interrogatoires, a obligé tout le monde à redoubler d'effort.

J'ai même accepté de faire des heures supplémentaires pour monsieur Beausoleil, dans l'espoir de rentrer dans ses bonnes grâces. Peine perdue! Au moins, cette soirée de travail compensera le revenu perdu vendredi passé, le jour de la découverte des immigrants dans le conteneur.

En mettant le pied sur le trottoir, je suis presque bousculé par un homme petit mais costaud qui me frôle sans m'accorder un regard. Vêtu d'une salopette verte, tenant dans une main une boîte à lunch en métal et dans l'autre une cigarette, il s'éloigne d'un pas rapide, les yeux vissés par terre. Comme il se dirige vers Limoilou, je le suis pendant quelques minutes avant de reconnaître Albert Lacombe. Quelle belle occasion d'en savoir plus sur les circonstances précises de la découverte des clandestins ! Je presse le pas et, au moment où j'arrive à sa hauteur, lui lance :

— Je croyais que vous travailliez de nuit.

Il me jette un bref coup d'œil, sans s'arrêter.

— On se connaît ? me demande-t-il.

— Peut-être. Moi, en tout cas, je vous connais. Vous êtes Albert Lacombe, l'homme qui a découvert les immigrants clandestins massacrés dans le conteneur.

— Ouais, puis ?

Il s'arrête et me regarde avec plus d'attention.

— C'est moi, dis-je, qui ai amené le survivant à l'hôpital. J'ai raconté tout ça à la télé. Peut-être m'avez-vous vu ?

— Et comment sais-tu mon nom ? Que je sache, je n'ai jamais été désigné autrement que comme « un employé du port ».

Je n'avais pas pensé à ça. Je dois trouver une explication satisfaisante, et vite.

— C'est Isabelle Fortin, du réseau Info Plus qui me l'a dit.

Sa méfiance s'estompe un peu et il lâche, en reprenant sa route :

— C'est bien triste, cette histoire-là. Bien triste. Il faut que j'y aille, ma femme m'attend.

Je le talonne, adoptant le rythme de son pas, ce qui n'a pas l'air de lui faire plaisir.

— Ça a dû vous donner tout un choc.

— Ouais, ouais. Le genre de chose qu'on préfère oublier.

Sa volonté d'en dire le moins possible ne fait qu'accroître mon désir d'en savoir plus. Je ne dois pas être le premier à essayer de lui tirer les vers du nez. Mais une occasion comme celle-là ne se représentera probablement jamais.

— Je me demandais, dis-je, si vous aviez vu quelqu'un rôder autour du conteneur, la nuit du massacre. Le survivant m'a dit que...

Il s'arrête et se tourne vers moi, l'air excédé.

— Écoute ! J'ai dit tout ce que je savais aux policiers, d'accord ? Et s'il y a autre chose à dire, c'est aux policiers que je le dirai. Compris ?

Il reprend son chemin, en accélérant le pas. Jouant mon va-tout, je lui lance :

— Et vos liens avec les Filthy Fingers, vous en avez parlé aux policiers ?

Il s'arrête sec, puis se retourne et revient lentement vers moi. Il me demande de quoi je veux parler au juste. Mais je vois très bien, dans son regard, qu'il connaît déjà la réponse à cette question.

— Vous étiez aux funérailles de Joey Labonté, avec des membres des Filthy Fingers. Vous n'allez pas le nier, tout de même.

L'espace d'un instant, une authentique surprise se lit sur son visage.

— Écoute, commence-t-il. Je ne suis pas censé te dire ça, mais… Suis-moi !

Je jette un bref coup d'œil autour de nous, mais il n'y a personne dans les parages. En marchant, nous avons quitté le secteur du port pour pénétrer dans un territoire fait de terrains vagues, une zone tampon entre les activités industrielles du port et le quartier Limoilou, où habitent plusieurs travailleurs.

Albert Lacombe prend la direction d'un chantier, quelques dizaines de mètres plus loin. Une pancarte annonce la construction d'un vaste ensemble de HLM. Le chantier est désert. Normal, nous sommes en pleines vacances de la construction. Tous les chantiers du Québec sont abandonnés pendant deux semaines. Sous les rayons de la lune, la flèche d'une grue luit faiblement.

Lacombe pousse de tout son poids contre le grand panneau de bois qui interdit l'accès au site. Il réussit à dégager un passage assez large pour que nous puissions nous faufiler de l'autre côté. Je proteste qu'on n'a pas le droit d'entrer là.

— Suis-moi et tu vas comprendre.

Il me guide vers une sorte de roulotte dans un coin du chantier qui doit servir de bureau temporaire, ou d'abri.

Il en secoue la porte, qui refuse de s'ouvrir. Le cadenas, qui la tient fermée, cède après trois coups de brique assénés avec précision.

— Désolé, dis-je en rebroussant chemin. Là, ça va trop loin.

— De quoi as-tu peur? Ce chantier est contrôlé par une de mes connaissances. Un membre des Filthy Fingers, justement. Tu n'as rien à craindre, il n'est pas là. Suis-moi et tu vas comprendre beaucoup de choses.

J'hésite. Que peut-il vouloir me montrer qui nécessite une entrée par effraction sur un chantier? Je le suis pourtant à l'intérieur, où il allume son briquet. Je l'imagine à la recherche d'un commutateur sur un mur, ou d'une lampe sur un bureau, quelque chose pour éclairer les lieux. Il s'approche plutôt de moi, les yeux fous, la brique ayant servi à fracasser le cadenas se balançant au bout de son bras.

— Espèce de petit fouille-merde. Je vais t'apprendre à te mêler de tes affaires.

La brique s'abat sur mon crâne. Fondu au noir.

L'impression de flotter dans un espace indéfini où le temps n'a plus aucun sens, suivie d'un réveil presque aussi brutal que le choc de la brique sur ma tête. J'ouvre les yeux. Couché par terre, je distingue mieux maintenant la pièce où je suis. C'est un bureau sommairement meublé et décoré.

Malheureusement, si je vois tout cela, c'est parce que la poubelle est en feu, ainsi que le bureau, et deux ou trois amoncellements de dossiers que Lacombe a pris le temps de sortir du classeur pour les empiler dans les coins de la pièce. Je me lève et me précipite vers la porte qui refuse de s'ouvrir. Il a dû remettre en place le cadenas avant de s'enfuir.

Il n'y a aucune fenêtre dans cette roulotte. La porte résiste à toutes mes tentatives pour l'enfoncer et je ne réussis qu'à me meurtrir l'épaule, une douleur qui s'ajoute à celle, lancinante, à l'intérieur de mon crâne.

Mes appels au secours restent sans réponse. Encore faudrait-il qu'il y ait un passant et que celui-ci m'entende. Qu'il trouve ensuite d'où proviennent les cris, et j'aurai amplement le temps de mourir asphyxié. Il est plus sage d'économiser le peu d'air qui me reste.

Déjà, la fumée s'est accumulée au plafond. Je m'accroupis dans un coin de la pièce, le plus loin des flammes et aussi près que possible du plancher, où l'air est moins enfumé. Malgré tout, j'ai du mal à respirer et mes yeux irrités ne voient plus qu'à travers une cascade de larmes.

Je me dis : « Cette fois, Alexandre Gauthier, ton compte est bon. Tu as voulu jouer au détective, mais tu as dépassé les bornes et tu vas finir fumé comme un saumon. »

Soudain, j'entends un bruit métallique derrière la porte. Quelqu'un, dehors, manipule le cadenas qui me tient prisonnier. La porte s'ouvre violemment et deux jambes s'avancent vers moi. Deux mains m'agrippent et je suis propulsé hors de l'abri en flammes.

J'ai à peine le temps de reprendre mon souffle et de me frotter les yeux que je me retrouve devant la roulotte, couché par terre, seul. Les flammes, attisées par l'air qui entre maintenant à plein par la porte ouverte, s'étendent rapidement à toute la construction. Mais de mon sauveur, il n'y a plus aucune trace.

Allongé dans mon bain, j'essaie de mettre de l'ordre dans mes idées. Une fois libéré de la roulotte en flammes, comme il n'y avait personne en vue, j'ai fui sans demander mon reste. J'étais déjà loin quand les premières sirènes de camions incendie se sont fait entendre. Je ne tenais surtout pas à me retrouver nez à nez avec le lieutenant Boiteau, essayant d'expliquer ma présence sur les lieux d'un incendie criminel.

Tant de questions se bousculent dans ma tête! Cette histoire de chantier contrôlé par un motard n'était certainement qu'un leurre, un moyen de m'attirer dans la roulotte. Qu'est-ce qu'Albert Lacombe désire tant cacher qui vaille la peine de commettre un meurtre? En lui parlant de ses liens avec les Filthy Fingers, je voulais l'amener à me parler, pas à me faire taire. Que pense-t-il que je sais, au juste?

Et ce sauveur providentiel, d'où venait-il? Et pourquoi s'est-il enfui? Je repasse le film des événements dans ma tête. Je revois l'intérieur du bureau, les flammes et la fumée, la porte qui s'ouvre brutalement. Je n'ai vu que le bas de son corps. Un bermuda d'où sortaient deux jambes trapues. Un homme, donc. Ou bien une femme très poilue et très musclée?

Disons que c'était un homme. Ce n'était donc pas Albert Lacombe qui, bourré de remords, serait revenu sur ses pas pour me délivrer. Il retournait chez lui à la fin de sa journée de travail, et il était vêtu d'un pantalon long. De plus, il avait aux pieds des chaussures de sport, alors que l'inconnu portait des sandales. Un promeneur ? Alors, pourquoi s'enfuir après avoir posé son geste de bravoure ?

De mon cellulaire posé à côté du bain sur une des omniprésentes boîtes qui décorent mon appartement s'élèvent quelques notes de *L'Hymne à la joie*, de Beethoven. Engourdi par la chaleur de l'eau, je tends mollement la main vers le combiné.

— *Bonjour, Alexandre ! Pas trop amoché après toutes ces aventures ?*

Je reconnaîtrais cette voix entre mille. Cet accent, surtout. Comme traversé par un courant électrique, je me redresse, provoquant un mini raz-de-marée dont la vague principale va s'écraser contre mes orteils et se déverser par-dessus le rebord du bain jusque sur le plancher de céramique.

— *Je crois deviner que tu es en train de prendre un bain*, continue Dimitri. *C'est une bonne idée. Tu dois sentir un peu le roussi, non ?*

— Comment savez-vous… ?

— *Je sais beaucoup de choses, Alexandre.*

Il semble s'amuser à l'autre bout de la ligne. Bien que je n'aie jamais vu son visage, je l'imagine sans peine en train de sourire, savourant le comique de la situation. Comique qu'il est bien le seul à voir, d'ailleurs.

— *Mais ce n'est pas pour cela que je t'appelle*, poursuit-il.

— Si c'est au sujet des questions que vous m'avez posées l'autre jour, malheureusement, je n'ai pas trouvé de réponses.

— *Non, non, Alexandre. Je suis de bonne humeur, aujourd'hui. Ne te casse plus la tête avec ces questions-là. J'ai su ce que je voulais savoir. J'ai une autre mission pour toi.*

— Dites toujours.

— *Le nègre…*

— Jean-Étienne?

— *C'est ça. Quand il te contactera, je dois le savoir.*

— Et pourquoi ferais-je une chose pareille?

— *Ha! Ha! As-tu vraiment le choix?*

Malgré son rire, le ton de sa voix devient tout à coup beaucoup moins amical.

— *Ne me provoque pas, Alexandre*, reprend-il. *Je te l'ai dit, je suis de bonne humeur. Je n'ai pas envie de me fâcher. Et tu sais pourquoi?*

— Non.

— J'ai fait une bonne action aujourd'hui. J'ai sauvé la vie d'un de mes amis.

— Comment ça ?

— *Figure-toi que cet ami, alors qu'il rentrait chez lui, a rencontré un homme. Cet homme l'a conduit, pour une raison que j'ignore, dans une petite roulotte située sur un chantier. Toujours pour une raison que j'ignore, il l'a assommé, puis enfermé dans cette roulotte après y avoir mis le feu. Le monde est étrange, Alexandre…*

— Si vous le dites…

— *Heureusement, j'avais demandé à un autre de mes amis de surveiller ce garçon, pour qu'il ne lui arrive rien de fâcheux, tu comprends ? Alors, quand cet ami m'a appelé sur mon cellulaire pour me demander ce qu'il devait faire, je lui ai dit : Qu'est-ce que tu attends, pauvre couillon, va sauver ce garçon !*

Au moins, j'ai la réponse à quelques-unes des questions qui me tracassaient. J'ai été sauvé parce que j'étais sous surveillance et que Dimitri a jugé que je lui étais plus utile vivant que mort. Mais que se passera-t-il le jour où il changera d'avis ?

— Et l'autre homme, dis-je, celui qui a mis le feu, que lui est-il arrivé ?

— *Il s'est sauvé. Vois-tu, il fallait choisir : capturer le pyromane et courir le risque de ne pas arriver à temps pour sortir le garçon des flammes, ou sauver le garçon, et laisser s'enfuir* le pyromane. *Crois-tu que j'ai pris la bonne décision, Alexandre?*

— Sans doute, sans doute…

— *Mais toi, mon ami,* poursuit-il, *as-tu une idée sur ce qui pouvait motiver cet homme? N'as-tu pas quelque chose à me dire à son sujet?*

Après tout, c'est bien grâce à lui si je suis encore en vie. Et si je lui apprends quelque chose, n'importe quoi, il me laissera peut-être tranquille. Je lui livre donc quelques renseignements sur Albert Lacombe et ses liens présumés avec les motards.

— *Les Filthy Fingers,* crache Dimitri lorsque je mentionne ce nom. *Une bande de petits caïds qui ne sont même pas capables d'attacher leurs lacets tout seuls. Quant à cet Albert Lacombe, nous finirons bien par le rattraper. Ne te fais pas de soucis là-dessus. Et une fois qu'on lui aura arraché ce qu'il sait, seul son dentiste pourra reconnaître ses restes.*

J'aimerais lui suggérer de le livrer plutôt à la police, mais à quoi bon argumenter avec un psychopathe.

— Je dois vous quitter. La pile de mon téléphone va me lâcher, dis-je, espérant par ce subterfuge mettre fin à la conversation.

— *Ha! Ha! Tu crois te débarrasser de moi aussi facilement? Ça ne fait rien. Mais n'oublie*

---

pas, Alexandre. Il y a toujours un de mes anges gardiens qui veille sur toi.

Il coupe la communication. Je sors du bain et j'entreprends de me sécher. Histoire d'évacuer un peu de l'humidité résultant de mes ablutions, j'actionne la commande du ventilateur mural.

Au lieu du ronronnement régulier du ventilateur, c'est le bourdonnement lancinant d'un moteur qui surchauffe qui parvient à mes oreilles. Quelque chose doit entraver le mouvement de l'hélice. Après avoir retiré la grille du ventilateur, je mets la main sur l'objet en question, une enveloppe rembourrée en papier kraft avec, sur un côté, un nom suivi d'une série de chiffres : Maryse Dambreville, 51. 45. 55. 47. 22.

9

MARYSE DAMBREVILLE

— Tu es certain de ne pas la connaître, cette Maryse?

Sébastien me pose cette question pour la troisième fois, et je lui fais la même réponse que les deux fois précédentes. Non, je ne la connais pas, pas plus que je ne sais d'où proviennent cette enveloppe et le disque compact qu'elle contenait.

Je ne sais pas non plus ce qu'il y a sur ce disque. D'où l'appel à l'aide que j'ai lancé à Sébastien et à Stéphanie. À trois, peut-être arriverons-nous à y voir plus clair. Dès son arrivée, Sébastien s'est attelé à la tâche de découvrir le mot de passe qui bloque l'accès au contenu.

Stéphanie, elle, s'est mis en tête qu'il y avait peut-être autre chose de caché dans l'enveloppe. Elle a donc entrepris de la déchiqueter méthodiquement. Résultat, ma table de cuisine est maintenant recouverte de morceaux de papier kraft et de petits amas constitués de la mousse grise qui servait de rembourrage.

— Il n'y avait rien d'autre, finalement, que ce nom et cette suite de nombres, finit-elle par admettre. Dis, Sébastien, tu as essayé cette suite comme mot de passe ?

— Évidemment, c'est la première chose que j'ai vérifiée. À l'endroit, à l'envers, dans l'ordre et dans le désordre. Ça n'a rien donné.

— C'est peut-être une combinaison de coffre-fort, continue-t-elle.

— Alors, il faudrait savoir où se trouve ce coffre, dis-je.

— As-tu pensé à la possibilité que ça ne soit rien d'important ? me demande Sébastien. Juste un truc sans intérêt qu'un propriétaire précédent aurait mis là, et qu'il aurait oublié au moment de déménager ?

— Tu connais beaucoup de gens qui rangent leurs disques compacts dans des conduits de ventilation ? En plus, j'ai déjà fait fonctionner ce ventilateur auparavant, sans rien détecter. Cette enveloppe n'est là que depuis quelques jours.

— Alors, réfléchis ! Qui, à part nous, a mis les pieds ici, récemment ?

— La seule personne qui a pu l'y mettre, dis-je après une courte réflexion, c'est Jean-Étienne. Tu te rappelles, Stéphanie, cette soirée où nous avons fait sa connaissance ?

— Comment l'oublier… ?

— Au moment où tu as frappé à la porte, Jean-Étienne a disparu dans la salle de bain. Quand je lui ai demandé pourquoi il se cachait là, il a prétexté une subite envie. Il a plutôt dû profiter de ce moment pour cacher l'enveloppe.

— Il a pensé qu'il avait été suivi, ou que la police était à ses trousses, suggère Stéphanie, et il a voulu mettre ce disque en sécurité. Si c'est bien ce qui s'est passé, ce truc doit être drôlement important.

— D'autant plus important que Donatien Servant, l'ambassadeur de la Côte-des-Palmes, m'en a parlé. Quand il m'a demandé si Jean-Étienne m'avait remis quelque chose, il a parlé d'une enveloppe. À ce moment-là, je ne l'avais pas encore trouvée. Mais lui, il était déjà au courant de son existence.

— Pour l'instant, dit Sébastien, si nous arrivions seulement à percer le mystère de cette suite de nombres…

— C'est peut-être juste un numéro de téléphone, suggère Stéphanie.

Je balaie sa suggestion d'un geste de la main.

— Est-ce que ça ressemble à un numéro de téléphone, d'après toi ? J'ai essayé de calculer l'intervalle entre chaque nombre, pour comprendre la logique interne de la suite et voir si je ne pourrais pas la compléter. Mais ça ne semble mener nulle part.

— Je m'excuse d'insister, reprend Stéphanie, mais tous les pays ne notent pas les numéros de téléphone de la même manière. En France, par exemple, ils groupent les chiffres par deux, exactement comme sur cette enveloppe.

Elle s'empare d'un crayon et commence à écrire des chiffres sur le morceau de papier, juste en dessous du nom et de la suite de nombres. Au bout de quelques instants, avec une expression de victoire sur le visage, elle me tend le résultat:

Maryse Dambreville

51. 45. 55. 47. 22.

(514) 555-4722

— Comme ça, dit-elle, ça ressemble plus à un numéro de téléphone? Je te signale que 514 est le code régional de l'île de Montréal. Appelle, tu verras bien.

— T'as vu l'heure qu'il est? Il est près de minuit.

— Crois-tu vraiment que tu vas réussir à dormir cette nuit si tu n'appelles pas ce soir?

— *Allô ?*

— J'aimerais parler à Maryse Dambreville, s'il vous plaît.

Silence à l'autre bout du fil. Puis la voix, celle d'un homme avec un léger accent, demande :

— *Comment avez-vous eu ce numéro ?*

Ni mon identité ni la raison de mon appel ne semblent intéresser mon interlocuteur.

— J'ai quelque chose à remettre à madame Dambreville, dis-je, et je voudrais…

— *Ça ne me dit pas comment vous avez obtenu ce numéro. C'est un numéro secret. Et d'abord, qui êtes-vous, et que voulez-vous ?*

Je n'aime ni le ton sur lequel on me parle ni la direction que prend cette conversation. Malgré tout, je choisis la transparence totale, en espérant que cela fera débloquer les choses à l'autre bout.

— Je m'appelle Alexandre Gauthier. Je suis de Québec. J'ai trouvé le nom de madame Dambreville, ainsi que son numéro de téléphone, sur une enveloppe. C'est cette enveloppe que j'aimerais lui remettre.

Nouveau silence. Puis j'entends, comme en sourdine, le bruit d'une conversation parsemée d'éclats de voix. Enfin, on m'ordonne de laisser mon numéro de téléphone, en disant qu'on me rappellera. J'obéis, toujours docile, puis je raccroche. À peine ai-je le temps d'expliquer à mes amis la nature de notre entretien que la sonnerie de mon cellulaire résonne dans la pièce.

— Allô?

— *J'aimerais parler à Alexandre Gauthier.*

— C'est moi.

— *Monsieur Gauthier, je suis Maryse Dambreville. Qu'avez-vous, au juste, à me remettre?*

Je réponds aussi franchement que je le peux, en expliquant comment j'ai trouvé l'enveloppe. Dès que je mentionne la nature de son contenu et sa possible provenance, l'attitude de la femme change du tout au tout. Elle devient subitement très excitée et veut me rencontrer dans l'heure qui suit.

Je lui rappelle que Québec est au moins à trois heures de route de Montréal et qu'il commence à se faire tard. Elle insiste et m'offre de venir elle-même, dès ce soir.

Comment lui expliquer qu'elle courrait un danger en agissant ainsi? Je ne sais pas comment réagiraient les sbires de Dimitri en la voyant débarquer chez moi. Ce que je sais, c'est qu'il me sera plus facile de leur fausser compagnie, puis de filer vers Montréal, que de tenter d'organiser cette rencontre ici à Québec.

Prétextant un agenda surchargé pour demain, je lui offre de la rencontrer samedi, à onze heures. Sa déception est presque palpable, mais elle n'insiste pas. Finalement, nous convenons que sa voiture viendra me prendre au terminus d'autobus et que, pour l'occasion, je porterai un tee-shirt orange et un sac à dos bleu.

Pendant que je fouille dans un tiroir à la recherche d'un boîtier pour ranger le disque, j'essaie d'imaginer un moyen pour me rendre à Montréal sans être suivi. Je crois avoir trouvé, mais il reste quelques détails à mettre au point. J'aimerais avoir l'opinion de mes amis. Comment la leur demander sans trop éveiller leur curiosité? Ils ne savent pas que je suis sous l'étroite sur-veillance de criminels et je ne tiens pas à ce qu'ils apprennent qu'eux-mêmes pourraient devenir la cible de ces personnages.

— Dites, est-ce que l'un de vous saurait où on peut trouver une foule le samedi matin, aux alentours de huit heures?

— Pourquoi veux-tu savoir ça? demande Stéphanie.

Exactement la question que je craignais. N'ayant aucune raison valable à leur pré-senter, je leur explique simplement que, le moment venu, je leur dirai tout ce qu'ils veulent savoir.

Et ça marche! Ils semblent se satisfaire de ma réponse.

— Il y a souvent beaucoup de monde à l'aéroport, suggère Sébastien.

— Il me faut une foule vraiment dense. Comme un *party rave* qui se terminerait tard le lendemain matin. Est-ce qu'il y en a un en ville demain soir?

— Pas à ma connaissance.

Stéphanie s'est levée et fouille dans mon bac de récupération. Elle en sort un dépliant publicitaire aux couleurs criardes qu'elle déplie devant moi.

— C'est là qu'il te faut aller. Chez Zip Mart. C'est leur plus grosse vente au rabais de la saison. Tous les prix vont être réduits de cinquante pour cent et plus. J'y suis allée l'an dernier avec ma mère et, je te jure, il y avait tellement de monde qu'on a eu peur de se faire piétiner par la foule. Et cela commence samedi matin, à huit heures pile.

— Génial! C'est exactement ce qu'il me fallait.

Comme il est tard et que j'ai, malgré tout, une journée de travail demain, je demande à Sébastien de raccompagner Stéphanie chez elle. Juste avant de partir, elle s'approche de moi et me prend la main.

— Il y a quelque chose dont je voudrais te parler, Alex.

Voyant que notre conversation prend une tournure plus intime, Sébastien décide de nous laisser seuls quelques instants, Stéphanie et moi.

— Bon, heu… Stéphanie, je vais aller t'attendre sur le balcon, dit-il.

— Alors, qu'est-ce qu'il y a?

— Ma mère m'a offert d'aller passer la fin de l'été au chalet d'une de mes tantes, au lac Duparquet.

— Sérieux? C'est génial, ça! Et où est-il, ce lac?

— Un peu au nord de Rouyn-Noranda. À environ dix heures de route d'ici.

Dix heures de route! De quoi mettre Stéphanie hors de l'atteinte de Dimitri. Il a beau avoir des informateurs partout, avant qu'il ne découvre ma blonde cachée au fond de l'Abitibi-Témiscamingue, il va en couler de l'eau sous les ponts.

— C'est une belle occasion pour toi de reprendre des forces avant le retour au cégep, dis-je. J'espère que tu vas accepter.

— Je ne croyais pas te faire plaisir à ce point en t'annonçant cela, dit-elle, visiblement déçue par mon enthousiasme.

— Mais non! Ce n'est pas ce que…

— J'ai de la difficulté à te suivre, Alex. Il n'y a pas si longtemps, j'étais ta confidente. Depuis quelque temps, tu me caches un tas de choses. Et maintenant, tu te réjouis de me voir m'éloigner. Est-ce parce que j'ai refusé de venir vivre ici avec toi qu'il n'y a plus de place pour moi dans ta vie?

Son visage s'est assombri. Elle s'éloigne un peu et croise ses bras sur sa poitrine, comme pour installer une barrière entre nous. Mais la barrière, c'est moi qui l'ai mise. En taisant la menace que Dimitri fait peser sur mes proches, je me suis piégé moi-même. Mais que puis-je faire, maintenant?

10

FORT D'ESPOIR

— Psitt!

Je viens à peine de quitter mon appartement pour aller travailler et je longe une haie pour me rendre à l'arrêt d'autobus. La haie me dépasse et je ne peux voir personne au travers. Je ne suis même pas certain que c'est moi qu'on hèle ainsi.

Je ralentis le pas et j'essaie de voir qui se trouve de l'autre côté de la rangée d'arbustes.

— Penche-toi et fais semblant d'attacher le lacet de ton soulier, m'ordonne-t-on.

J'obéis, ayant reconnu la voix de celui qui s'adresse à moi.

— Fais gaffe, Jean-Étienne. Tu vois le type qui a l'air de dormir, là-bas, dans la camionnette? Je crois qu'il me surveille.

— Je sais que tu es surveillé, figure-toi. C'est pour ça que je me cache. Mais le type dans la camionnette, il dort pour de vrai. Je me méfierais plutôt de celui qui fait les cent pas à l'arrêt d'autobus. Il est là depuis une heure et n'est monté dans aucun des autobus qui s'est présenté. Il est de la police, d'après toi ?

— Non, ceux qui me surveillent appartiennent à une organisation qui aimerait, encore plus que la police, te mettre la main au collet. Mais, crois-en ma parole, tu n'aimerais pas ce qu'ils te feraient s'ils te trouvaient. Alors, continue de bien te cacher.

Je change de pied, m'appliquant à défaire, puis à refaire avec soin, le lacet de mon autre soulier.

— Il faut qu'on se rencontre dans un lieu sûr, tous les deux, dit Jean-Étienne. Et ça presse.

— Il n'y a pas beaucoup de travail au bureau, je peux avoir mon après-midi libre. Arrange-toi pour être au coin des rues Saint-Joseph et Dorchester à treize heures.

Pas trop difficile de semer quelqu'un qui vous poursuit ! S'il ne s'est pas rendu compte que vous l'avez repéré et qu'il ne sait pas que vous avez l'intention de lui fausser compagnie, il suffit d'entrer dans un restaurant, puis de ressortir aussitôt par l'arrière, sur la terrasse. Il ne reste plus qu'à enjamber un muret de pierre pour se retrouver dans une ruelle, d'où l'on gagne une rue transversale. Et le tour est joué !

Le type qui m'a suivi dans l'autobus, puis jusqu'à mon travail, doit d'ailleurs être encore installé avec son journal en face du restaurant. À moins qu'il ne se soit déjà aperçu de ma disparition. Dans ce cas, a-t-il communiqué avec son patron ? Vais-je recevoir bientôt un appel du Russe ? Par tranquillité d'esprit, j'éteins mon cellulaire. J'aurai au moins la paix de ce côté-là.

Il est presque treize heures et Jean-Étienne doit être tapi quelque part dans l'ombre, épiant les alentours, guettant le moment propice pour s'approcher de moi.

— Salut, Alex !

Venue de nulle part, la main de Jean-Étienne vient d'atterrir sur mon épaule.

— Dis donc, Jean, tu as un look d'enfer !

Avec son long manteau noir qui rappelle celui de Keanu Reeves dans *La Matrice*, son crâne rasé, sa barbe de trois jours et ses verres fumés, il ressemble à une vedette de hip-hop. Si l'on y regarde de plus près, cependant, la monture de ses lunettes ne tient que par un bout de ruban gommé et le manteau, qui a perdu tous ses boutons, est affligé d'une longue déchirure, grossiè-rement rapiécée.

— Pas trop mal pour quelqu'un qui s'est habillé avec des trucs trouvés dans les poubelles de l'Armée du Salut, non?

— Un peu voyant tout de même…

— Alex, la pire chose pour un fugitif, c'est d'avoir l'air d'un fugitif. Tous les policiers de Québec recherchent un pauvre Noir blessé qui erre dans les rues en rasant les murs. Alors, j'ai essayé de devenir le plus voyant possible.

— Et ça marche?

— Évidemment! Je suis ici, en vie, et en liberté en plus. Non? Sauf qu'hier soir, dans un refuge pour itinérants où j'espérais passer la nuit, le type à l'accueil avait un journal ouvert devant lui à la page où ma photo s'étalait. Il regardait son journal, puis m'examinait… J'ai préféré coucher à la belle étoile. Là, j'ai trouvé un endroit où squatter, en attendant mieux. Tu ne connaîtrais pas quelqu'un qui pourrait…

— … t'héberger? Sûrement pas moi. Tu as vu comme mon appartement est surveillé? Mais peut-être…

Sans terminer ma phrase, je saisis mon cellulaire, l'allume et compose le numéro d'Isabelle. Acceptera-t-elle de l'accueillir chez elle? Si elle dit oui, elle aura tout un *scoop* à portée de la main quand Jean-

Étienne décidera de se rendre à la police. S'il le décide, bien sûr. Par contre, c'est mettre notre amitié à rude épreuve que de lui demander de cacher un immigrant illégal en fuite. Se rendre complice d'un acte criminel ne fait généralement pas partie du plan de carrière des journalistes.

Au moment où elle répond, une nouvelle objection me vient à l'esprit. Après les salutations d'usage, je lui demande si elle a l'impression d'être suivie ou espionnée, ces temps-ci.

— *Justement*, répond-elle, *depuis deux ou trois jours, j'ai la sensation qu'on me suit dans la rue et en voiture.*

— Et est-ce qu'il y a des gens bizarres qui se garent devant chez toi ?

— *Ça aussi, oui. Es-tu au courant de quelque chose ? Est-ce que je devrais m'inquiéter ?*

— Ne t'en fais pas trop. Il doit s'agir des mêmes qui me suivent, moi. Et ils ne s'intéressent pas à nous. C'est Jean-Étienne Crèvecœur qu'ils recherchent.

— *À ce propos, il y a du nouveau dans l'affaire du massacre des clandestins.*

— Qu'est-ce que c'est ?

— *Je préfère ne rien dire au téléphone. Tu peux venir me voir ?*

Nous nous donnons rendez-vous pour quatorze heures. Je décide de ne pas lui demander d'abriter Jean-Étienne, ce qui était la raison première de mon appel. Puisqu'elle est sous surveillance, elle aussi, cela ne servirait qu'à le livrer à Dimitri sur un plateau d'argent.

Et Stéphanie? Et Sébastien? Peuvent-ils courir le risque d'héberger un fugitif? Sont-ils sous surveillance, eux aussi? Poser la question, c'est y répondre.

— Je crois bien, dis-je à Jean-Étienne tout en remettant mon cellulaire dans la poche de ma veste, qu'il n'y a aucune de mes idées qui fonctionne. Ce local que tu squattes, il est loin d'ici?

Nous marchons pendant quelques minutes en direction du Vieux-Québec, moi inquiet à l'idée d'être repéré par la police ou par des «amis» de Dimitri, Jean-Étienne décontracté et tout à fait à l'aise dans son rôle de «type le plus relax en ville». En passant sous les bretelles d'accès de l'autoroute Montmorency, nous bifurquons en direction de la rivière Saint-Charles. Nous arrivons bientôt devant une structure en béton de six étages, à moitié terminée. Un immense panneau annonce: *Les Résidences du Colombier. Immeuble en copropriété. Le luxe accessible à partir de deux cent mille dollars seulement. Livraison au mois de juillet.*

— J'ai comme l'impression qu'ils sont en retard dans leurs travaux, commente Jean-Étienne.

Il me guide à travers une brèche dans la clôture jusqu'à une porte donnant accès au bâtiment. Nous pénétrons dans une cour intérieure, vaste et lumineuse, autour de laquelle seront disposés les appartements. Tout en haut, une immense verrière est déjà en place.

Nous empruntons ensuite un monte-charge qui nous élève jusqu'en haut, au sixième étage.

— Ils avaient coupé l'électricité avant de partir en vacances, dit Jean-Étienne. J'ai dû rétablir le courant, au moins dans l'ascenseur. Je ne vais pas grimper tous ces étages à pied, tout de même. Mais ne t'inquiète pas, je n'ai pas remis l'éclairage. Je ne tiens pas à être repéré.

Il me lance un clin d'œil en ouvrant la porte.

— Et voici mon domaine, avec vue imprenable sur le port. C'est tout de même extraordinaire qu'un pauvre immigrant comme moi, arrivé il y a quelques jours avec presque rien dans les poches, habite déjà dans un appartement haut de gamme. Il n'y a qu'en Amérique qu'on peut voir ça.

Son rire emplit la pièce, se répercute sur les murs de béton gris. Je lui pose enfin la question qui me brûle les lèvres depuis qu'il a repris contact avec moi.

— Alors, c'est vrai? Tu as fait de la prison?

Son sourire se dissipe, fait place à une expression de sérénité, alors qu'il me fait face, les bras croisés. Aucune gêne sur ses traits, aucune honte. Seulement un grand calme, avec une pointe de défi.

— Pendant trois ans. À Fort d'Espoir.

— Drôle de nom pour une prison.

— Ça n'a pas toujours été une prison. À l'origine, c'était un fort, construit par les Français au dix-huitième siècle. Ils y ont été assiégés pendant deux ans par les Espagnols. Ils attendaient des renforts de la France... qui ne sont jamais venus. Mais pendant deux ans, ils ont espéré. D'où le nom de Fort d'Espoir. Depuis que Toussaint Magloire s'est emparé du pouvoir, c'est devenu l'endroit où l'on envoie les prisonniers politiques. Dans la population, on l'a surnommé « Fort Peu d'Espoir », parce que personne n'en sort jamais vivant.

— C'est vrai que tu es un terroriste?

— Je suis un soldat! réplique Jean-Étienne en se raidissant. Je combats pour libérer mon peuple. Un terroriste, c'est quelqu'un qui tue sans discernement des femmes, des enfants, juste pour semer la peur dans une population. Les terroristes n'ont aucune morale et je n'ai que du mépris pour eux. Moi, je n'ai jamais visé que des casernes de l'armée ou de la police, des cibles militaires.

— Tu as été jugé et reconnu coupable.

— Si tu veux parler du simulacre de procès qu'on m'a fait, parlons-en! Avant même qu'on me lise l'acte d'accusation, le texte du jugement final était déjà écrit.

— Mais les policiers que tu as tués? Qu'est-ce qui te dit qu'ils n'étaient pas innocents?…

— Innocents? À ma connaissance, ceux que j'ai tués étaient membres d'escadrons de la mort.

— Et qui les a jugés, alors?

— Moi! Moi et mes camarades.

— Étaient-ils présents à leur procès? Ont-ils pu se défendre? Tu t'es chargé de déposer la plainte, de présider à l'audience, d'écrire le jugement et d'exécuter la sentence. Pour quelqu'un qui se plaint de ne pas avoir eu un procès juste…

Si les yeux de Jean étaient des rayons laser, je ne serais plus qu'un tas de cendres.

— Et qu'est-ce que ça change pour toi? Suis-je moins digne de ton aide parce que j'ai essayé d'abattre un dictateur?

— Je ne sais pas… Ici, poser des bombes, ça ne fait pas vraiment partie de nos mœurs.

— Parce que tu penses qu'à Port-Liberté, la guerre civile fait partie de notre folklore? Je me préparais à autre chose, tu sais…

— Comme…?

Les yeux de Jean-Étienne se dirigent d'instinct vers le port où se trouve encore le bateau qui l'a amené à Québec. Son regard devient vague, comme s'il remontait le fleuve et le temps vers une petite île des Antilles, vers une époque disparue et maintenant inaccessible.

— J'avais entrepris des études pour devenir professeur. Comme mon père. Mais Toussaint Magloire a fait fermer l'université où j'étudiais. Que peux-tu faire quand tu n'as plus d'avenir, dis-moi? J'ai des amis qui sont devenus gigolos au service de riches Américaines. Si c'est par là que doit passer le développement du tiers-monde, je préfère encore crever les armes à la main.

Jean-Étienne grimace et porte sa main à son ventre, à l'endroit précis où une balle l'a transpercé quelques jours auparavant, pendant que de son autre main, il cherche un appui contre le mur en face de lui.

— Ça ne va pas?

Il me fait signe de ne pas m'inquiéter. Au bout d'un moment, son visage redevient paisible.

— Je voulais aussi me marier, continue-t-il, avoir des enfants. Si tu savais comme les filles sont belles dans mon pays.

— Parce qu'ici elles sont moches?

— Pas moches, non. Juste un peu pâlottes. Hi! Hi! Hi!

Il rit, d'un rire sans conviction.

— Je n'ai pas voulu de ça, reprend-il. De cette vie de criminel, de fugitif. Mais que ferais-tu, toi, si tu te réveillais un matin avec des soldats partout dans les rues? Un général qui se serait autoproclamé président à vie? Des journalistes emprisonnés? À quelle race d'hommes appartiens-tu? Es-tu de ceux qui se tiennent debout devant un tyran, ou de ceux qui s'écrasent et se taisent? Tu ne le sais pas, bien sûr. Et comment le saurais-tu? Tu n'as jamais eu à faire ce choix. Tout ce dont je rêve pour mon peuple, toi, tu le tiens pour acquis.

Un silence pesant s'installe entre nous. Je donnerais n'importe quoi, en ce moment, pour être ailleurs que dans ce lieu bizarre, avec cet homme étrange que je ne comprends pas. Je lui demande, pour changer de sujet:

— As-tu mangé, récemment?

— Hier, je crois.

Je lui tends un billet de dix dollars, tout ce qu'il me reste. Il accepte l'argent, marmonne quelques mots de remerciement.

— Je vais avoir encore besoin de toi, me dit-il. Il y a quelque chose dans ton appartement. Un objet qui m'appartient et que je dois récupérer.

— Tu veux parler de l'enveloppe avec le disque compact?

Il me regarde d'un air ahuri.

— Tu as trouvé le disque?

— Par pur hasard. Il empêchait le ventilateur de ma salle de bain de fonctionner.

— C'est un peu ce que j'avais craint. Mais je n'ai pas eu beaucoup de temps pour trouver une cachette.

— Comme je n'avais aucun moyen de te joindre, j'ai déjà pris rendez-vous avec Maryse Dambreville. Je la rencontre demain, à Montréal, pour lui remettre le disque.

Un sourire revient illuminer le visage de Jean-Étienne.

— Eh bien! Sais-tu que tu es plutôt débrouillard, pour un petit blanc-bec?

— Parle-moi de cette femme. Est-ce elle qui dirige le Front de la résistance palmoise?

— Elle a participé à la fondation du F.R.P. mais ne l'a jamais dirigé. Disons qu'elle en est l'âme.

— Pourquoi vit-elle à Montréal?

— C'est une longue histoire. Son mari était Gaston Dambreville, le premier président élu de l'histoire de la Côte-des-Palmes. Sous sa présidence, l'île a connu sa seule vraie période démocratique. Il est mort lors du putsch qui a permis à Magloire de s'emparer du pouvoir. Ce dernier a fait emprisonner Maryse Dambreville. Mais comme elle était très populaire dans notre pays, il n'a pas osé la tuer, de peur d'en faire une martyre. Assignée à résidence, elle a fini par s'enfuir et a rejoint d'autres exilés à Montréal où elle est devenue le symbole vivant de la résistance. Si je pouvais me déplacer plus facilement, tu peux être certain que je ne te laisserais pas aller à cette rencontre à ma place!

11

UN RENDEZ-VOUS MANQUÉ

Isabelle est plantée devant la fenêtre quand, à quatorze heures pile, j'entre dans son bureau.

— Que regardes-tu comme ça ?

— Le type, là-bas, dans la camionnette bleue, répond-elle. Il est arrivé en même temps que moi, ce matin, et il est toujours là.

— Je sais, je l'ai remarqué. Il a paru vraiment excité quand il m'a vu entrer ici. Il a sauté sur son cellulaire, sûrement pour mettre son patron au courant de ma visite.

— Tu m'as vraiment foutu la trouille, tout à l'heure, avec tes histoires d'espions.

— Tu n'as pas à t'en faire. Je te l'ai dit, c'est après Jean-Étienne qu'ils courent tous. Et, au besoin, c'est assez facile de les semer.

Je lui raconte comment, à l'heure du dîner, j'ai réussi à fausser compagnie à mon suiveur. Elle sursaute quand je lui explique que c'était pour rencontrer Jean-Étienne.

— Tu l'as vraiment rencontré ? Comment va-t-il ? Où est-il ?

— J'étais avec lui quand je t'ai appelé, tout à l'heure. Il va bien, il se cache, et c'est tout ce que je peux te dire.

Elle proteste, m'implore, me supplie au nom de notre amitié. Je reste inébranlable. Pour me faire pardonner, je lui fais le récit de ma rencontre avec Albert Lacombe. Le regard d'Isabelle s'illumine quand je lui apprends comment j'ai échappé à l'incendie allumé par Lacombe dans la roulotte du chantier de construction.

— Ça explique bien des choses, dit-elle. Savais-tu qu'il est en cavale depuis hier soir ?

— Qui t'a appris ça ? Sa famille ? Son patron ?

— Non, c'est lui-même. Il m'a téléphoné ce matin et m'a dit qu'il devait se cacher à cause de toi, parce que tu avais fourré ton nez dans ses affaires. Comme je n'étais pas au courant de ta rencontre avec lui, sur le coup, je n'ai pas bien compris.

— Il a dû apprendre que j'avais échappé à l'incendie et il a pensé que je l'avais dénoncé à la police. Maintenant, il se croit poursuivi, et c'est pourquoi il se cache.

— J'ai presque toute notre conversation sur une cassette. Quand j'ai compris qui m'appelait, j'ai eu le réflexe de déclencher le magnétophone. Tu veux l'entendre?

Une voix d'homme, lointaine mais parfaitement audible. Parfois, des vrombissements sourds, voire des bruits de klaxons, viennent ponctuer ses paroles.

— Il devait appeler d'un téléphone public, dit Isabelle. Écoute.

— *C'est Albert.*

— *Albert qui?* demande Isabelle.

— *Je veux pas dire mon nom au complet. Tu sais qui je suis.*

— *Je crois reconnaître votre voix. Que me voulez-vous?*

— *Il faut qu'on se voie. Je veux parler. Je veux tout dire ce que je sais. J'ai pas l'intention de vivre caché pour le restant de mes jours.*

— *Vous êtes en fuite? Pourquoi vous cachez-vous?*

— *À cause de ton petit copain. Celui qui a amené le nègre à l'hôpital. S'il s'était mêlé de ses affaires, tout cela ne serait pas arrivé.*

— *Pourquoi n'appelez-vous pas la police?*

— *Les bœufs? Ils sont dans le brouillard, pis pas à peu près. Ils ne veulent pas comprendre. Tout ce qu'ils veulent, c'est me mettre le massacre des nègres sur le dos. Mais c'est pas moi, le coupable.*

— *Que voulez-vous dire par « vous mettre le massacre sur le dos »? Les policiers ont-ils des preuves contre vous?*

— S'ils avaient des preuves, je serais en prison depuis longtemps. Ils m'ont interrogé pendant des heures, l'autre jour, mais ils savent bien que je ne leur ai pas tout dit. Alors, ils pensent que je veux me couvrir. Mais je suis une victime, là-dedans, moi aussi. On m'a fait des promesses, puis on m'a rien donné. Toi, tu vas m'écouter.

— Alors, je vous écoute.

— Pas au téléphone. Il faut qu'on se voie.

— Pourquoi prendrais-je le risque de vous rencontrer ?

— C'est ça ou j'appelle un autre journaliste...

— Je dois y réfléchir. Je dois obtenir l'autorisation de mes patrons. À quel numéro puis-je vous joindre ?

— Es-tu folle ? C'est moi qui vais te rappeler. Dans quinze minutes. Puis arrange-toi pour avoir une réponse de tes patrons.

Il raccroche. Isabelle interrompt le magnétophone.

— Il m'a bien rappelé quinze minutes plus tard, me dit-elle. Il m'a donné rendez-vous pour onze heures, place d'Youville.

— Et tu t'es présentée à ce rendez-vous ?

— Je ne suis pas idiote, tout de même. Avant d'accepter, j'avais appelé le lieutenant Boiteau. Il semblait très enthousiaste quand je lui ai dit que Lacombe était prêt à dire tout ce qu'il savait. Il y avait donc plusieurs

agents embusqués sur les toits, ou camou-
flés parmi la foule des promeneurs.

— Qu'est-ce qu'il t'a révélé?

— Rien. Il n'est jamais venu.

— Le lieutenant a dû être déçu.

— Il s'y attendait un peu. Lacombe
a peut-être décelé la présence des policiers.
Comme il les croyait à sa recherche, il a
choisi de rester caché.

« Ou encore, me dis-je, le Russe l'aura
trouvé avant que Lacombe ne puisse se
rendre à son rendez-vous. » Je regrette
maintenant de lui avoir dévoilé les liens de
Lacombe avec les Filthy Fingers. A-t-il tenu
sa promesse de retrouver Lacombe et de lui
faire payer de sa vie sa tentative de meurtre
contre moi? Ce n'est pourtant pas ce que je
recherchais.

Je quitte Isabelle sur la promesse de la
rappeler bientôt, et en me promettant à moi-
même de mieux peser mes paroles à
l'avenir.

12

LE *FLASH CUBE*

Les mots «Zip Mart» s'étalent en lettres rouges de cinq mètres de haut sur la devanture du magasin. Impossible de me tromper de direction. Je traverse le stationnement en compagnie d'une trentaine de personnes que l'autobus a déposées à l'arrêt en même temps que moi.

Inutile de vérifier, je suis sûr que mon espion est là, à quelques pas derrière. Il m'attendait dans la ruelle derrière chez moi, et il s'est installé à l'arrêt d'autobus en même temps que moi. Un type dans la jeune vingtaine à la moustache tombante et mal taillée, les cheveux ramenés vers l'arrière en une courte queue de cheval. Verres fumés, veste de cuir et jean troué complètent son look de motard. J'espère qu'il profitera de la vente pour remplacer son tee-shirt crasseux.

Il est huit heures moins dix et, déjà, une petite foule se presse à chacune des entrées du magasin. Des femmes seules, surtout, mais aussi quelques couples et quelques familles composent une foule somme toute souriante et disciplinée, pour l'instant du moins. Le moustachu à la queue de cheval, que j'observe à la dérobée, détonne à travers tout ce monde. Tant mieux pour moi! Ça m'aidera à le garder à l'œil.

Debout, les jambes un peu écartées, les bras croisés, le regard fixé sur moi, il ne fait d'ailleurs aucun effort pour passer inaperçu. Sait-il que je l'ai repéré? S'en moque-t-il? Se contente-t-il d'obéir aux ordres, comme un bon petit soldat, dans l'espoir de gravir les échelons de l'organisation qui l'emploie? Ou peut-être paie-t-il ainsi une dette de jeu ou de drogue?

Est-ce lui qui m'a sauvé la vie, hier soir? Si c'est le cas, ça ne m'empêchera pas de lui jouer un vilain tour, tout à l'heure. Des taxis sont garés un peu plus loin, devant une porte qui donne sur le côté du magasin. C'est donc par là que je devrai ressortir.

Huit heures pile. Sans enthousiasme, comme si elle anticipait la journée d'enfer qu'elle va connaître, une employée de l'établissement vient déverrouiller la porte vitrée qui nous sépare du paradis de la consommation. En moins de temps qu'il n'en faut pour dire « Tasse-toi de là », la belle discipline de tout à l'heure s'évanouit et la foule des clients se rue vers l'entrée. Me rappelant les recommandations de Stéphanie, j'attends quelques instants avant d'essayer de passer la porte.

Finalement, je me retrouve à arpenter les allées de la grande surface, accélérant parfois le pas, puis arrêtant subitement devant un comptoir quelconque, histoire de vérifier la distance que mon chaperon garde avec moi. Je repère les toilettes de l'établissement, ainsi que les salles d'essayage. Elles n'ont qu'une seule entrée. Pas moyen, donc, d'espérer m'échapper par là.

Je passe derrière un muret de séparation qui me masque à la vue de mon espion. Rapidement, il change de position. Il prend vraiment son boulot à cœur, celui-là! Ça ne sera pas facile de le semer. À moins que...

Deux agents de sécurité bavardent non loin de là. C'est ma chance! Je m'approche discrètement et leur glisse:

— Le type avec la veste de cuir, là-bas, je l'ai vu mettre des montres dans la poche de sa veste.

Ensuite, je me dirige, l'air de rien, vers la sortie. Mon garde du corps indésirable m'emboîte le pas, bientôt intercepté par les deux agents de sécurité qui lui bloquent le passage.

C'est le moment que j'attendais. Sans jeter un regard en arrière, je me précipite vers la sortie. En quelques enjambées, j'atteins les taxis. J'ouvre la portière du premier dans la file et je lance :

— Au Palais de justice, vite.

De cette façon, même si mon poursuivant retrouvait le chauffeur du taxi qui m'a conduit jusqu'ici et qu'il l'interrogeait, ce dernier ne pourrait pas lui révéler grand-chose sur ma destination réelle, qui se trouve en fait juste à côté : la gare d'autobus.

De l'autre côté du boulevard de Maisonneuve, à demi étendus sur un muret de béton dans des poses qui se veulent suggestives, deux gars, adeptes du *piercing* et du pantalon moulant, m'observent avec insistance. Peut-être pensent-ils que je pratique le même métier qu'eux et me voient-ils comme un concurrent. Il y a maintenant trente minutes que je fais le pied de grue au coin de la rue Berri et du boulevard de Maisonneuve et j'aurais eu, en effet, l'occasion d'appâter quelques clients, à supposer que j'en aie eu envie. Un des deux types vient de traverser la rue et s'approche de moi.

— Qu'est-ce que tu fous ici ? me demande-t-il.

— Rien, j'attends…

— T'attends rien du tout! Ici, c'est notre territoire. Alors, décampe! T'as compris?

Je n'aime pas qu'on me parle sur ce ton, ni qu'on me dise quoi faire. Les jambes légèrement écartées, les bras croisés sur ma poitrine dans une attitude de défi, je lui lance:

— Hé! Dis donc, rognure de trottoir, j'ai tout à fait le droit de rester ici si j'en ai envie!

Contre toute attente, l'autre s'arrête tout net et me dit:

— Ça va, ça va! Je m'en vais!

Je suis plutôt fier de mon coup, croyant que c'est ma détermination qui a poussé l'autre à fuir, la queue entre les jambes.

Sentant une présence derrière moi, je tourne la tête et me retrouve nez à nez avec un clone de Mike Tyson, qui me regarde avec autant de bienveillance que s'il s'apprêtait à me mettre K.-O. dans le dernier round d'un match de championnat du monde.

— C'est toi, Alexandre Gauthier?

— Oui.

— Monte! ordonne-t-il en me désignant la portière ouverte d'une longue limousine aux glaces opaques, garée sur le bord du trottoir.

J'avais déjà remarqué cette bagnole, car elle était passée devant moi à quelques reprises. Toute noire et un peu cabossée, elle a sûrement connu de meilleurs jours. Je pénètre à l'intérieur.

Quatre personnes s'y trouvent, en plus du chauffeur. Que des Noirs. On m'indique une place libre, entre deux géants baraqués à la mine hostile. Devant moi, sur la banquette opposée, deux femmes, l'une très jeune, l'autre très vieille.

Entre elles, sur la plage arrière de la voiture, se dresse un petit autel. Sur un socle en bois peint sont posés un crucifix, une statuette de saint Pierre, un bouquet de fleurs en plastique et d'autres figurines toutes noires portant des masques africains. Des dieux vaudous, peut-être…

La voiture démarre. Obéissant à un ordre muet, les deux colosses qui m'encadrent entreprennent de me fouiller. Je suis tâté, palpé. Mon sac à dos est inspecté avec minutie.

— Pas d'arme ! laisse tomber l'un des deux athlètes.

La vieille femme pousse un soupir et retire ses verres fumés.

— Monsieur Gauthier, je suis Maryse Dambreville. Voici ma petite-fille, Lydia. Les deux *gentlemen* qui nous accompagnent sont mes gardes du corps. Avant d'en venir à l'objet de notre rencontre, j'aimerais que vous satisfassiez ma curiosité. Comment vous êtes-vous procuré ce disque?

Je lui fais, sans épargner aucun détail, le récit de ma découverte. Bien vite, les questions se bousculent. Elle veut tout savoir de ma relation avec Jean-Étienne, si je sais où il est maintenant, si j'ai réussi à voir le contenu du disque.

— Eh bien, déclare-t-elle quand j'ai terminé, je ne sais pas ce qu'on vous a dit à mon sujet. Je tiens à ce que vous sachiez, cependant, que je ne suis pas une femme riche. Cela dit, combien voulez-vous en échange du disque?

— Mais rien du tout! dis-je. Je veux simplement rendre service à Jean-Étienne. D'ailleurs, je peux vous le donner tout de suite.

Mon sac repose à mes pieds. J'y plonge la main et je saisis le boîtier contenant le disque. Au moment où je m'apprête à ressortir ma main, je sens un objet métallique se poser sur ma nuque en même temps que j'entends un colosse me dire:

— Fais gaffe, je t'ai à l'œil!

Je me retourne un peu et vois le canon d'une arme maintenant pointé sur mon front. Je ralentis le mouvement et, en tenant le boîtier du bout des doigts, je le sors lentement du sac et le tends à Maryse Dambreville.

— Nous sommes désolés de devoir nous méfier de vous ainsi, s'excuse-t-elle, mais vous n'avez pas idée du nombre de personnes qui préféreraient me voir morte.

Pendant quelques instants, elle contemple le disque, en fait miroiter la surface dans un rayon de soleil.

— Il a l'air tellement inoffensif, ce disque. Et pourtant, plusieurs personnes sont déjà mortes à cause de lui. (Elle tend le boîtier à la jeune femme assise à côté d'elle.) Tiens, Lydia, tu sais comment t'y prendre avec ces choses-là. (Puis, s'adressant de nouveau à moi:) Ma petite-fille est plus douée que moi avec les ordinateurs.

La jeune femme sort d'une mallette posée à ses pieds un portable dans lequel elle introduit le disque.

— Je préférerais ne pas voir ce qu'il y a là-dedans, lui dit sa grand-mère.

— Mais voyons, mamie, nous ne sommes même pas sûres de ce qu'il contient.

— Moi, je le sais. Et je te répète que je ne veux pas le voir. Change de place avec Danny.

Le colosse qui est à ma droite se lève. Lydia et lui échangent leur place. Maintenant, Maryse Dambreville ne peut plus voir l'écran de l'ordinateur. Mais moi, je peux.

— Ça ne vous fait rien, dit Lydia à sa grand-mère en me désignant, qu'il puisse jeter un coup d'œil?

— C'est un ami de Jean-Étienne. C'est donc notre ami. Laisse-le regarder. Notre but n'est-il pas de rendre disponible la presque totalité de ces documents sur notre site Web? Alors, quelle différence cela fait-il qu'il les voie maintenant? Dans quelques heures, le monde entier y aura accès. (Elle s'adresse ensuite à moi.) Mais je dois vous prévenir, jeune homme. Certaines de ces images sont très dures. Êtes-vous certain de vouloir les graver dans votre mémoire pour le restant de vos jours?

Elle détourne son regard vers l'extérieur, comme si elle cherchait le réconfort dans la banalité d'une scène de rue. Elle ajoute:

— Vous avez encore le choix, vous. Moi, je ne l'ai jamais eu.

Déjà, des images défilent sur l'écran de l'ordinateur. Des policiers, des militaires. J'ai du mal à comprendre le sens de certaines d'entre elles. Mais un personnage revient régulièrement. Il est même, la plupart du temps, au centre de l'action.

— C'est Toussaint Magloire, n'est-ce pas?

— Lui-même et en personne, répond Lydia. Comme tu vois, notre vénéré président de la république aime bien, de temps en temps, mettre la main à la pâte.

Toussaint Magloire, souriant, entouré de policiers. Toussaint Magloire, en habit de général, au milieu de sa garde personnelle. Toussaint Magloire, en bras de chemise, assénant un coup de poing au visage d'un prisonnier menotté à une chaise. Sur la photo suivante, le prisonnier est couvert de sang, alors que le président semble sourire au photographe.

— Mais ce type est un fou furieux ! dis-je. Il faut l'arrêter.

— C'est ce que nous allons tenter de faire en rendant ces documents publics, répond Maryse Dambreville.

— Comment a-t-on réussi à obtenir ces images ? Elles ne semblent pas avoir été prises à l'insu de Magloire.

— En effet, et ce fut sa première erreur. Il était tellement assuré de son impunité qu'il a ordonné à son photographe officiel d'être présent à tous les interrogatoires, ou plutôt à toutes les séances de torture qu'il dirigeait. Histoire de se constituer un petit album souvenir personnel, je présume. Mais un jour, on ne sait pas pourquoi, il s'est fâché et a tué ce photographe d'une balle dans la tête. Ce fut sa deuxième erreur. La veuve du photographe a vite appris la vérité. Son mari avait conservé des doubles de toutes ses photos. Pour se venger, elle les a fait parvenir à des membres de la résistance palmoise, nos amis, qui ont réussi à les numériser, à les mettre sur ce disque et à les acheminer jusqu'à nous.

D'autres images se succèdent sur l'écran, toutes plus insupportables les unes que les autres. Puis, une autre photographie apparaît. Un cliché montrant une installation bizarre, suivi de quelques autres dévoilant, sous différents angles, le détail de cette installation. On dirait un lit d'hôpital entouré d'un appareillage tout droit sorti du cerveau d'un dément. Des poulies, des crochets, des scalpels au bout de longs bras articulés. Sur la photo suivante, un homme est attaché sur le lit, nu, les yeux exorbités de frayeur.

— Il y a des photos de la machine, mamie, dit Lydia.

— Ah, oui! La machine...

Ces derniers mots s'étranglent presque dans sa gorge. Elle jette vers moi un regard empli de détresse. Mais c'est d'une voix ayant retrouvé toute son assurance qu'elle m'explique:

— Savez-vous, monsieur Gauthier, que notre président aime à s'affubler de titres aussi ronflants les uns que les autres? «Architecte du génie palmois», pour la construction de son palais. «Champion du marathon de Port-Liberté», alors que tous les participants à ce marathon savaient bien que quiconque oserait arriver avant lui serait rapidement liquidé par la police secrète. Mais le titre qu'il préfère, c'est celui de «Grand Ingénieur de la République». Beaucoup de gens pensent que c'est pour avoir réalisé des ponts, ou des routes. Non. C'est après avoir dessiné les plans de cette machine, qu'il s'est surnommé ainsi. Une machine destinée à torturer ses opposants politiques. Sans les tuer, toutefois. Mais bientôt, ces images seront sur Internet, et le monde entier saura quel fou règne sur la Côte-des-Palmes.

Une nouvelle image s'affiche maintenant à l'écran du portable. Le même homme, toujours ligoté au même lit, hurle de douleur, ses jambes transformées en une informe bouillie rouge.

— Sans les tuer, dites-vous ? Peut-on vraiment survivre à ça ?

La vieille femme me regarde, puis remonte la manche droite de sa chemise. Juste au-dessus du poignet, un fin réseau de lignes prend naissance. Des cicatrices, de plus en plus larges, de plus en plus nombreuses. Puis, au milieu du bras, un trou. Comme si un scalpel, au bout d'un long bras d'aluminium, avait sculpté dans la chair, dans le muscle même.

Maryse Dambreville examine son bras avec détachement. Puis, avec des gestes délicats, comme si elle bordait un enfant, remet la manche de sa chemise en place.

— Je vous assure qu'on le peut, dit-elle.

J'essaie de poser mes yeux ailleurs, sur le plancher de la limousine, au plafond, sur les appuie-bras dont le vinyle usé laisse s'échapper un peu du rembourrage.

— Bon! dis-je. Ce type est fou à lier. Mais d'abord, pourquoi fallait-il attendre de sortir ce disque de votre pays pour le faire savoir au monde?

— La Côte-des-Palmes, répond Lydia, est un pays très pauvre, comme vous le savez. Seuls les riches ont le téléphone. Mais le réseau téléphonique de l'île n'est pas connecté au reste du monde. Il n'existe donc aucun accès à Internet. Le courrier est inspecté et seules les lettres au caractère anodin sont acheminées à leurs destinataires. L'armée est présente partout. Après les grandes manifestations étudiantes d'il y a quinze ans, l'université de Port-Liberté a été fermée. Elle n'a pas rouvert depuis. En vérité, Alexandre, notre pays fonctionne sur le modèle d'une grande prison.

— Mais il y a du tourisme, maintenant, non ?

— Les touristes sont parqués loin des villes, dans des centres de villégiature gardés par la police. Les Palmois qui y travaillent sont des amis du régime, triés sur le volet.

— D'accord ! Cette île est une prison. Beaucoup de gens devaient s'en douter, non ? Quant à Toussaint Magloire, il n'est pas le premier dictateur à tyranniser son peuple. En portant ces accusations, vous lui ferez sûrement une publicité dont il se passerait bien. Mais des régimes plus tyranniques ont survécu à des scandales pires que celui-là. Alors, si vous n'avez que cela, j'ai bien peur que Magloire ne s'en tire. Il continuera à régner en despote sous l'œil complaisant des grandes puissances qui ont bien d'autres chats à fouetter. Votre coup d'éclat n'aura été qu'un coup d'épée dans l'eau.

— Justement, rétorque Maryse Dambreville. Il y a plus que cela sur ce disque. Montre-lui, Lydia.

— C'est ce que je suis en train de chercher, répond cette dernière.

Elle ouvre une nouvelle fenêtre sur son écran, à la recherche, me semble-t-il, d'un autre répertoire. De nouvelles images apparaissent bientôt, bien différentes, celles-là. Toussaint Magloire dans un entrepôt, entouré de gens en sarraus blancs. Le même, dans un laboratoire. D'autres photos le montrent dans ce qui semble être un atelier de poterie. Enfin, une interminable série de clichés expose des documents techniques et des formules chimiques. J'interroge Maryse Dambreville du regard.

— Quoique ces images soient moins choquantes que les précédentes, nous pensons que ce sont elles qui vont faire tomber ce régime pourri. Tout a commencé il y a environ deux ans, quand un chimiste travaillant à l'Hôpital psychiatrique de Port-Liberté a réussi à synthétiser une nouvelle molécule qui semblait prometteuse dans le traitement de la schizophrénie.

— Mais, intervient Lydia, son médicament était loin d'être au point. Il causait, dès la première utilisation, de très puissantes hallucinations.

— Magloire a eu vent de ces recherches et a offert au chercheur un laboratoire tout neuf, continue sa grand-mère. Ce dernier a accepté avec empressement, mais s'est vite rendu compte qu'il ne partageait pas les mêmes objectifs que son président. Alors qu'il désirait atténuer, voire éliminer, les effets hallucinogènes de son produit, il a été contraint par Magloire, sous la menace, de pousser ses recherches dans la direction opposée. Le résultat est une drogue puissante, bon marché, et qui crée une dépendance immédiate, physique autant que psychologique. Nous croyons d'ailleurs que Magloire est un utilisateur régulier du *Flash Cube*.

— Du quoi?

— Du *Flash Cube*. C'est son nom. Parce qu'un des premiers effets de cette drogue, une fois ingérée, est de donner l'impression qu'un millier de *flashes* explosent en même temps devant tes yeux. Et «cube» parce que lors des premiers essais, la drogue liquide était déposée sur un cube de sucre. Elle se présente maintenant sous la forme d'une poudre blanche, très malléable, qui peut être moulée pour ressembler à différents objets, des jouets ou de la poterie, par exemple.

— De la poterie, dites-vous?

— Oui, des produits à l'apparence anodine, qui peuvent passer les frontières sans éveiller de soupçons. Par un procédé très simple, on peut ensuite récupérer la drogue sans que ses propriétés soient altérées.

— Et que compte-t-il faire de cette découverte?

— Inonder le marché nord-américain, évidemment. Les Américains ont jusqu'à maintenant toléré le régime de Magloire parce que l'île ne contient aucune ressource vitale et n'occupe pas un emplacement stratégique pour eux. Notre espoir est qu'ils réagiront avec force pour empêcher que ce nouveau trafic ne s'installe chez eux.

— C'est le chercheur lui-même qui vous a donné tous ces renseignements?

— Non. Lui, on a retrouvé son cadavre dans un dépotoir, avec douze balles dans la tête. Le coroner qui a mené l'enquête a conclu à un suicide, ajoute-t-elle, un brin ironique.

— Si je comprends bien, dis-je, c'est plutôt dangereux de travailler pour Magloire. En tout cas, je suis heureux que ce disque soit maintenant en de bonnes mains. Je vois pourquoi Donatien Servant voulait mettre la main dessus…

— Quoi? rugit Maryse Dambreville. Vous avez parlé à cette vipère gluante?

— Parlé est un bien grand mot, dis-je pour l'apaiser. Il est venu me voir à mon travail sous le prétexte de me remercier d'avoir aidé Jean-Étienne. Mais il semblait plus intéressé par autre chose, une enveloppe que Jean-Étienne, selon lui, aurait pu me remettre. Je sais maintenant que c'est ce disque qu'il cherchait, mais au moment de cet entretien, je ne l'avais pas encore trouvé. Vous avez l'air de bien le connaître…

— C'est un psychopathe, capable de tuer froidement. Même Magloire en avait peur. Alors, histoire de l'éloigner de lui, il l'a nommé ambassadeur dans votre pays avec pour mission de surveiller notre petite communauté d'exilés. C'est à cause de lui si j'habite pratiquement dans cette voiture. Je suis en mouvement toute la journée et ne couche jamais deux soirs de suite au même endroit.

— D'après vous, comment pouvait-il être au courant pour le disque?

— La police secrète de Magloire a appris, de la bouche d'un traître, que des membres du F.R.P. avaient des documents compromettants en leur possession et qu'ils s'apprêtaient à les faire sortir du pays. Quand ils ont su de quelle façon cela allait se faire, il était trop tard. Le bateau avait déjà quitté Port-Liberté. Intervenir en mer posait trop de problèmes. Ils ont choisi d'attendre que le bateau arrive à Québec pour tenter de mettre la main sur le disque et reprendre la situation en main.

— Vous croyez que c'est lui, Donatien Servant, qui est responsable du massacre des immigrants?

— Sûrement pas. S'il s'était rendu dans ce conteneur, il aurait reconnu Jean-Étienne Crèvecœur qu'il connaît bien, puisqu'il a procédé en personne à son arrestation. Il aurait alors mis la main sur le disque et n'aurait laissé aucun survivant. En fait, nous croyons qu'il a été doublé par quelqu'un d'autre. Qui ? Nous ne le savons pas. Quelqu'un qui ne cherchait pas la même chose que lui, apparemment.

Nous sommes maintenant de retour à notre point de départ. Un autobus quittera Montréal, en direction de Québec, dans dix minutes. Ce voyage dans la métropole a été plus qu'instructif. Déjà, plein d'idées bouillonnent dans ma tête. De nouvelles pistes s'ouvrent. Un plan d'action commence même à germer. J'ai trois heures de route devant moi. Ça ne sera pas de trop pour mettre de l'ordre dans tout ça.

— Jean-Étienne, es-tu là ?

Pas de réponse. Seul l'écho de ma voix se répercute sur le béton. Le monte-charge me hisse jusqu'au dernier étage dans un grincement de poulies et un cliquetis de chaînes. Personne en haut pour m'accueillir.

Je finis par trouver Jean-Étienne recroquevillé derrière un tas de planches, tremblant de tous ses membres. Il a relevé le col de son manteau et se plaint qu'il fait froid. Il peine à parler tant ses dents s'entrechoquent. Je pose ma main sur son front. Il est brûlant.

13

MÉDECINE *UNDERGROUND*

— Qu'est-ce que tu as attrapé là, dis ?

— Aide-moi, Alex.

— Je veux bien, mais je n'ai même pas l'ombre d'une aspirine sur moi. Il vaudrait mieux te rendre à l'hôpital.

À ces mots, il tente de se relever, fait mine de vouloir s'enfuir.

— Non ! Pas l'hôpital. Pas la prison !

— OK ! OK ! Reste calme, dis-je en allumant mon cellulaire.

— Qui est-ce que tu appelles, là ? me demande Jean-Étienne d'un air inquiet.

— Isabelle. Peut-être aura-t-elle une idée. Moi, je ne sais pas quoi faire de quelqu'un qui ne veut pas s'aider lui-même.

Elle répond, au bout de quelques sonneries. Je lui expose la situation, insistant sur la crainte de Jean-Étienne de se voir renvoyer dans son pays.

— *Si c'est une question de vie ou de mort, il n'a pas tellement le choix.*

— Il a encore assez de force pour refuser d'être soigné. Et vu son état d'esprit… Tu es sûre de ne pas connaître un médecin discret, qui ferait des visites à domicile?

— *Je connais peut-être quelqu'un, mais je ne suis pas certaine de pouvoir la joindre. Laisse ton cellulaire allumé, je te rappelle.*

Elle le fait, quelques minutes plus tard.

— Alors, tu as accompli un miracle? dis-je.

— *Presque. Tu as un bout de papier et un crayon?*

Elle me donne un numéro de téléphone que je note soigneusement.

— Et qui va me répondre quand je vais appeler là?

— *Elle s'appelle Claudia. C'est une ancienne infirmière qui a perdu le droit de pratiquer son métier parce qu'elle volait des drogues à la pharmacie de son hôpital. Depuis sa sortie de prison, elle fait ce qu'elle appelle de la médecine underground.*

— C'est-à-dire?

— *Les grosses pointures de la mafia ont les moyens de se faire traiter dans des cliniques privées dont ils achètent la discrétion. Elle, elle s'occupe des gens qui ne veulent pas se faire soigner à l'hôpital, mais qui ne peuvent se payer le luxe des cliniques: les membres de gangs de rue qui se blessent lors d'affrontements, les immigrants illégaux qui n'ont pas encore de fausses cartes d'assurance-maladie. Tu vois le genre?*

— Une sorte de mère Teresa du monde interlope, quoi!

— *Si on veut. Sauf que cette mère Teresa-là se finance en vendant la drogue qu'elle obtient des gangs de rue en paiement des services qu'elle leur rend. En plus, c'est une* junkie. *Enfin, c'est ce que croit mon collègue qui a fait un reportage sur elle et qui m'a filé son numéro de cellulaire.*

— L'important, c'est qu'elle soit capable de rester discrète.

— *Comme elle est compromise dans des trucs pas très propres, elle a plutôt intérêt à se la fermer. Mais mon collègue l'a vue travailler. Il dit qu'elle est très compétente, une vraie «pro»… quand elle n'est pas sous l'influence d'une substance quelconque. D'une manière ou d'une autre, si tu ne peux pas forcer Jean-Étienne à se faire soigner dans un hôpital, tu ne peux pas non plus le regarder mourir sans rien faire. N'est-ce pas?*

Je ne sais pas pourquoi, je m'attendais à rencontrer une vieille pimbêche, une sorte de Mary Poppins dégénérée. Au contraire, c'est une très jeune femme, discrète et timide, qui me rejoint au coin de la rue.

— Tu te sens suffisamment en forme pour poser un diagnostic?

Elle aurait le droit d'être choquée. Ma question implique que je suis au courant de ses problèmes de toxicomanie et que je mets en doute sa capacité à faire son travail.

Sans s'offusquer le moins du monde, elle relève en souriant une mèche de cheveux bleus qui tombe le long de sa joue et la coince derrière une oreille chargée d'anneaux.

— Je sors de désintox, dit-elle. Je suis *clean*, si c'est ce qui t'inquiète…

Je la guide jusqu'au dernier étage des Résidences du Colombier. Elle dépose par terre un sac à dos qui semble peser une tonne et en sort quelques instruments. Elle pose sa main sur le front de Jean-Étienne.

— Alors, mon grand, dit-elle en regardant autour d'elle, es-tu allergique à la décoration? À moins que tu ne sois un adepte de la simplicité volontaire?

— C'est ça, doc, t'as tout pigé! répond l'autre en lui retournant un faible sourire.

Claudia lui pose quelques questions, s'informe s'il a consommé de la drogue. Quand elle lui demande s'il a mal quelque part, il soulève son gilet jusqu'à la hauteur de sa poitrine. Claudia examine le large pansement maculé de taches rouge sombre qui ceinture le thorax de Jean-Étienne.

— Depuis combien de temps as-tu ce pansement?

— Six ou sept jours.

— Et il n'a jamais été changé?

Jean-Étienne fait signe que non de la tête. Claudia lui enfonce un thermomètre dans la bouche, puis entreprend de découper le pansement. En découvrant la plaie laissée par la balle, elle réprime avec difficulté un juron. Même d'où je suis, à quelques mètres d'eux, ça n'est pas beau à voir.

Claudia, en silence, nettoie la plaie, applique de nouvelles compresses, refait le bandage. Son visage prend un air encore plus soucieux quand elle vérifie le thermomètre. Elle sort enfin quelques boîtes emplies de fioles de toutes sortes.

— Comment te fournis-tu en médicaments? dis-je. Il doit y avoir des trucs sur ordonnance dans tout ça.

— Je connais encore pas mal de monde dans les hôpitaux, me répond-elle. En m'adressant aux bonnes personnes et en payant le prix qu'il faut, je peux obtenir à peu près tout ce que je veux.

Elle sort une seringue neuve de son emballage, y introduit le contenu d'une des fioles et l'injecte à Jean-Étienne.

— Es-tu prêt à entendre mon diagnostic ?
lui demande-t-elle, tout en l'aidant à
prendre trois cachets qui ressemblent à de
l'aspirine.

— Vas-y, répond Jean-Étienne.

— Ta blessure est infectée. Je t'ai donné
une dose d'antibiotique, mais je doute que
cela soit suffisant. J'ai peur que la gangrène
ne soit déjà installée dans ta plaie. Pour le
savoir, il faudrait faire des tests, identifier le
micro-organisme à l'origine de l'infection,
afin de faire le meilleur choix d'antibio-
tiques. Seul un hôpital peut te donner le
genre de soins dont tu as besoin.

— À court terme, que va-t-il se passer ?

— Ta fièvre va peut-être baisser, mais
peut-être que non. L'infection va peut-être
reculer un peu, mais peut-être que non.

— Alors, combien de temps ai-je pour me
décider ?

— Aucun. C'est ce que j'essaie de te dire.
Tu n'aurais jamais dû quitter l'hôpital. Tu
devrais y être maintenant. Et même là, il
serait peut-être trop tard.

Elle griffonne quelques mots sur un bout
de papier, qu'elle glisse dans une poche du
pantalon de Jean-Étienne.

— Tiens, dit-elle. Si tu décides d'y retourner, les médecins voudront savoir ce que tu
as reçu comme médication.

Elle remballe ses affaires. Lorsqu'elle a terminé, elle me demande si j'ai un besoin particulier. Elle doit penser que j'ai mal compris sa question, car elle précise:

— J'ai de tout: *mush*, *coke*, *crack*, *ecstasy*… Tu n'as qu'à demander et, dans quinze minutes, je peux avoir ce qu'il te faut.

Je balbutie «non, merci» en lui tendant un billet de vingt dollars. Elle le prend, le range dans son sac et, juste avant de partir, dit à Jean-Étienne:

— De toute façon, il va te falloir déménager bientôt. Les vacances de la construction tirent à leur fin.

Elle disparaît dans le monte-charge en nous lançant «bonne chance».

Je retourne près de Jean-Étienne et m'assois par terre, le dos appuyé contre le mur. Je l'observe, guettant un signe d'amélioration. Il a toujours le regard fiévreux et grelotte par intermittence.

— Je ne t'ai pas encore parlé de ma rencontre avec Maryse Dambreville.

J'ai dû éveiller son intérêt, car, lorsqu'il relève la tête, une nouvelle lueur brille dans son regard.

— Raconte-moi.

Je lui fais le récit de mon expédition à Montréal. Assez curieusement, c'est la vieille dame elle-même qui l'intéresse le

---

plus. La description du contenu du disque ne suscite aucun commentaire, aucune question de sa part.

— Tu savais ce qu'il y avait sur ce disque, n'est-ce pas?

— Les membres du F.R.P. qui m'ont aidé à m'échapper m'ont mis au courant, oui. Mais il n'y avait rien de nouveau pour moi là-dedans. Je savais depuis longtemps que Toussaint Magloire était un fou.

— Et pour la drogue, le *Flash Cube*, tu savais aussi?

— Ça aussi, ils m'en ont parlé.

Cette dernière réponse de Jean-Étienne confirme mes soupçons. Il était loin d'être un simple messager, ignorant de l'importance du document dont il était porteur.

— Alors, j'ai une question pour toi. Où est passée la caisse?

— Quelle caisse?

Jean-Étienne ment très mal. Tout, dans son regard et dans son attitude, me confirme qu'il sait.

— On n'a plus beaucoup de temps devant nous, lui dis-je. Alors, parle! La drogue est arrivée dans une caisse, sous la forme de pots de céramique. Très peu de caisses ont été jetées à la mer, et les chances pour que celle-là se soit trouvée dans le lot sont assez minces. Tu es le seul, à bord, qui était au courant de la présence de la drogue dans le conteneur, qui savait sous quelle forme elle se présentait, et qui a eu l'occasion de mettre la main dessus. Alors, où est cette caisse?

Dans l'état de faiblesse où il se trouve, Jean-Étienne n'a pas la force d'argumenter bien longtemps.

— C'est vrai, admet-il. On m'avait dit pour la drogue. Je savais qu'elle pouvait prendre la forme de toutes sortes d'objets, même les plus anodins. Je savais aussi que Magloire s'apprêtait à la lancer sur le marché. Quelques-uns des autres passagers clandestins, affamés, se sont mis à ouvrir des boîtes, dans l'espoir de trouver quelque chose de comestible. Mais ils n'ont trouvé que ces foutus petits parasols en papier et ces poteries. J'ai vite fait le lien entre cette caisse marquée «ÉCHANTILLONS» et le *Flash Cube*. Pour en être certain, j'ai goûté à un tout petit morceau que j'avais détaché du dessous d'un vase. J'ai été malade pendant trois jours, mais j'avais la confirmation que c'était bien la drogue.

Il grimace en essayant de changer de position. Il m'explique ensuite que s'il a caché cette caisse, c'était d'abord pour la mettre en sécurité. Par la suite, il n'en avait plus parlé, car il espérait pouvoir l'utiliser comme monnaie d'échange, au cas où les choses tourneraient mal.

— Mais les choses ont mal tourné, dit-il. Et cette drogue ne m'a servi à rien.

— J'ai un plan. J'ai eu le temps d'y penser dans l'autobus, en revenant de Montréal. Et cette caisse va jouer un rôle essentiel dans ce plan. Mais d'abord, tu dois me dire où tu l'as cachée.

Il m'indique l'endroit, près d'un entrepôt, derrière une remise, sous un tas de planches.

— Espérons qu'elle y est encore. J'irai voir tout à l'heure. Maintenant, tu as entendu ce que Claudia a dit. Ta plaie s'est infectée et tu dois te rendre à l'hôpital. Que dirais-tu de le faire en compagnie d'une journaliste ?

— Ça va changer quelque chose, d'après toi ?

— Si tu préfères crever, c'est ton choix. Mais, dans ce cas, j'aimerais mieux que tu ailles crever ailleurs parce que je vais avoir besoin de cet endroit pour mettre mon plan à exécution.

— Et qu'est-ce que c'est au juste, ton plan ?

Je le lui explique, du moins la partie que j'ai déjà mise au point, car il reste encore quelques détails à fignoler. Il m'écoute en silence, puis hoche la tête.

— Ça ne marchera pas, dit-il. Tous ces gens dont tu parles sont des pros, des requins. Tu n'es qu'un petit poisson à côté d'eux et tu vas te faire bouffer.

— Je préfère voir ça comme le combat de David contre Goliath. Et n'oublie pas, c'est David qui a gagné.

— Nous avons un proverbe palmois. *Quand ous vler manger acque guiabe, ous douer quimber couillèr ous longg.*

— Je ne suis pas sûr d'avoir bien compris, là…

— C'est du créole. Ça veut dire à peu près ceci : «Si vous voulez manger avec le diable, amenez-vous une très longue cuillère.» Tu comprends? Une longue cuillère, pour se tenir loin de lui. Autrement dit, Alex, si tu dois absolument te frotter à ces gens-là, prends tes précautions.

— Ne t'en fais pas pour moi, dis-je en me levant. Je suis majeur et vacciné. Alors, te décides-tu? Dois-je appeler Isabelle, ou aimes-tu mieux que la gangrène s'occupe de toi?

— Appelle-la, ta copine, lâche-t-il dans un souffle, comme s'il capitulait après une longue bataille. Mais je veux qu'il y ait un avocat avec nous.

— Là, tu parles !

14

L'ART DE FERRER
LE POISSON

Devant l'appartement d'Isabelle, pendant que j'aide Jean-Étienne à descendre du taxi, j'essaie de repérer son surveillant. C'est encore plus facile que je ne l'avais espéré. Juste en face, dans une Beetle rouge, un type surexcité regarde dans notre direction, en criant si fort dans son téléphone cellulaire que je peux presque entendre ce qu'il dit.

Je n'ai pas besoin de savoir à qui, ni de quoi il parle. En ce moment même, mon ami à l'accent russe est en train d'apprendre où je suis et ce que je fais. Mais ça aussi, ça fait partie de mon plan.

Isabelle vient nous ouvrir. Nous nous engouffrons dans l'appartement et elle referme vite la porte, tout en jetant un coup d'œil au dehors.

— As-tu vu le type, juste en face? dit-elle. Je crois qu'il me surveille.

— Exact! Mais oublie-le. Dans quelques minutes, cela n'aura plus aucune importance. Est-ce que l'avocat est arrivé?

— Je lui ai parlé il y a à peine deux minutes. Il s'en vient.

Nous installons Jean-Étienne dans un fauteuil. Il est encore très faible, mais sa fièvre, au moins, est tombée. Il trouve même la force de complimenter Isabelle sur la décoration de son appartement.

— Vous êtes journaliste, n'est-ce pas? lui demande-t-il. Alors, j'ai tout un *scoop* pour vous.

— Ah oui?

— Vous voyez ce jeune homme? continue Jean-Étienne en me tenant par la manche. Si tous les membres du F.R.P. étaient aussi courageux que lui, Toussaint Magloire se serait fait botter le derrière depuis longtemps.

— Ça va, lui dis-je, n'en mets pas trop.

Mon cellulaire sonne juste à ce moment.

— Dis donc, Isabelle, est-ce qu'il y a un endroit où je pourrais m'isoler?

— Dans la chambre d'amis, répond-elle en m'indiquant une porte.

Une fois dans la chambre, je prends une grande respiration. S'il s'agit bien du Russe, je vais avoir besoin de tout le courage que

Jean-Étienne m'attribuait tout à l'heure. Il va falloir jouer serré.

— Allô ?

J'ai immédiatement la certitude qu'il s'agit bien de Dimitri, alors qu'une bordée d'injures me transperce le tympan. Je suis tour à tour traité de « vaurien », de « traître », d'« enfoiré ». Je laisse passer l'orage sans répliquer.

— *Où étais-tu ? Que faisais-tu ?*

— J'étais un peu partout et je travaillais pour vous.

— *Tu mens ! Si tu avais vraiment travaillé pour moi, comme tu dis, tu m'aurais livré le nègre au lieu de l'amener à cette journaliste.*

— Oubliez le nègre, dis-je (en demandant intérieurement pardon à Jean-Étienne de le désigner ainsi, mais j'ai besoin de me rendre sympathique aux yeux du Russe). Vous n'obtiendrez rien de lui. Il ne sait rien et n'a aucune valeur. J'ai quelque chose de bien plus gros pour vous.

— *Il y a des jours que je recherche ce type et tu me dis qu'il ne vaut rien ? Ne me fais pas perdre mon temps, Alexandre. Qu'as-tu trouvé pour moi ?*

Je le sens un peu calmé, à l'autre bout du fil. J'ai l'impression d'avoir bien ferré mon poisson. Il s'agit maintenant de ne plus le lâcher.

— Que diriez-vous de mettre la main sur un réseau de vente de drogue?

— *J'en possède déjà un. Qu'est-ce que celui-là me donnerait que je n'ai pas encore?*

— Ce n'est pas seulement un nouveau réseau de vente. C'est une toute nouvelle drogue. Un hallucinogène puissant, pas cher, tellement facile à dissimuler qu'il peut passer les douanes sans problème. Je ne parle pas de millions de dollars, là. Je parle de centaines de millions de dollars. De milliards…

J'en beurre épais sur la tartine, mais pour les gros poissons, il faut de gros appâts. Ça semble fonctionner, car c'est sans agressivité, avec fébrilité même, qu'il me demande:

— *Comment as-tu appris tout ça? Je veux que tu me dises tout ce que tu sais!*

— Vous en savez presque autant que moi, maintenant. Mais rappelez-moi demain matin, disons vers huit heures moins le quart. Je pourrai vous en dire beaucoup plus. Pour l'instant, j'aimerais que vous me fassiez confiance et que vous cessiez de me faire suivre.

— *Tu n'as pas intérêt à me décevoir, Alexandre,* dit-il au bout de quelques secondes sur un ton redevenu menaçant. *Je saurai toujours où te trouver, ne l'oublie pas.*

Il raccroche. Je reste assis quelques instants sur le bord du lit, essuyant sur mon jean mes mains devenues moites. Mon premier hameçon a été lancé avec succès. Plus que deux, et mon plan pourra suivre son cours.

De retour dans le salon, je rencontre l'avocat, qui vient tout juste d'arriver. Isabelle fait les présentations.

— Alors, maître, dis-je, allez-vous accepter cette affaire ?

— Je veux d'abord poser quelques questions à mon client, répond-il. Il y a quelques détails à vérifier avant que je prenne une décision finale.

— Si c'est de vos honoraires qu'il s'agit… commence Isabelle.

L'autre l'arrête d'un geste sec de la main.

— Il n'est pas question de ça. Je viens de sauver de la prison un financier qui avait été, disons, imprudent avec les fonds qu'il gérait. Comme il m'a généreusement rémunéré pour mes services, je peux bien me permettre de travailler pour la gloire. Je sais d'avance que je vais perdre de l'argent en acceptant cette cause. Mais la publicité dont je vais bénéficier devrait compenser largement ce léger manque à gagner. Seulement, j'aimerais au moins pouvoir évaluer quelles sont mes chances de l'emporter. Dites-moi, y a-t-il un endroit où je pourrais m'isoler avec mon client quelques minutes?

Pendant qu'il prend, avec Jean-Étienne, le chemin de la chambre d'amis, je m'installe sur le sofa avec Isabelle. Sur l'écran du poste de télévision, des images défilent en silence.

— Dis donc, tu n'as pas envie de regarder autre chose que les nouvelles, parfois?

— Il se passe tellement de choses ces temps-ci, je n'ai plus de vie privée. J'ai l'impression de travailler tout le temps.

— Tu sais, il va falloir faire vite, pour Jean-Étienne. Sa plaie s'est infectée. Claudia lui a administré une dose d'antibiotique, mais elle m'a bien fait comprendre qu'il devait se rendre à l'hôpital sans...

Sur l'écran du téléviseur, un visage vient d'apparaître. Un cliché d'amateur, pas très récent.

— C'est Albert Lacombe!

— Ah, oui, répond Isabelle en se mettant à la recherche de la télécommande pour augmenter le volume. J'ai complètement oublié de t'en parler. On l'a retrouvé.

Le portrait de Lacombe est vite remplacé par des images d'une camionnette garée dans un sous-bois. Des spécialistes en scènes de crimes, en combinaisons toutes blanches, sont en train de l'inspecter, pendant qu'un policier délimite, à l'aide d'un ruban jaune, un périmètre de sécurité.

— Son corps a été récupéré en début de soirée, m'informe Isabelle. Des promeneurs ont retrouvé la camionnette qui flambait encore. J'ai parlé au journaliste qui a réalisé le reportage. Selon lui, il s'agit d'un scénario classique. Lacombe a été tué d'une balle dans la tête et son corps abandonné, avec l'arme du crime, dans un véhicule volé auquel les tueurs ont mis le feu.

Isabelle retrouve sa télécommande juste au moment où apparaissent à l'écran deux femmes. L'une, plus âgée, porte des verres fumés et fixe le sol en marchant d'un pas rapide. L'autre, à peu près du même âge que moi, arbore un look gothique à donner des frissons au prince des ténèbres en personne. Des cheveux longs, noirs et raides enca-drent un visage d'une pâleur sépulcrale. Sa robe, toute noire et qui lui descend jusqu'aux chevilles, s'orne de manches avec de longs volants qui confèrent un aspect médiéval à l'ensemble. À part cela, plutôt jolie.

... l'épouse de monsieur Lacombe avec sa fille Megan, qui arrivent à la centrale de police.

— Madame Lacombe, pouvez-vous nous dire quelques mots ? D'après vous, s'agit-il d'un règlement de compte ?

La femme détourne le regard et s'apprête à ouvrir la porte pour se réfugier à l'intérieur. Sa fille, elle, choisit d'affronter la meute.

— *Mon père n'avait de compte à régler avec personne. C'était un honnête travailleur qui a été victime d'une erreur…*

Sans lui laisser le temps de poursuivre, sa mère l'empoigne par le bras et la fait pénétrer de force dans le poste. Le commentateur fait encore quelques remarques sur des « indices importants » et d'autres « pistes prometteuses », puis enchaîne avec la météo.

— Cette Megan Lacombe semble avoir beaucoup de caractère, dit Isabelle.

— Plus de caractère que de discernement. En tout cas, elle se trompe sur son père. C'était loin d'être un « honnête travailleur ».

— Il voulait parler, se libérer de quelque chose. Mais de quoi ? Que savait-il ?

— Ça devait être important pour que quelqu'un décide de le faire taire à tout jamais.

Je me lève et vais à la fenêtre. L'es-pion dans la Beetle rouge a disparu. Le Russe aurait-il tenu parole et décidé de me donner carte blanche jusqu'à demain ?

— Je vais vous quitter, maintenant. J'ai encore des trucs à faire.

— Tu ne viens pas à l'hôpital avec nous ?

— Jean-Étienne est entre bonnes mains. Tu lui diras adieu de ma part. Au fait, avez-vous reçu, chez Info Plus, un communiqué en provenance du Front de la résistance palmoise ?

— Oui, une invitation à une conférence de presse lundi, à quatorze heures. Comment sais-tu cela ?

— Tu comptes y aller ?

— Mes patrons m'ont offert de couvrir l'événement, mais je n'ai pas encore pris de décision.

— Tout ce que je peux te dire, c'est que si tu n'y vas pas, tu vas le regretter toute ta vie.

Je quitte l'appartement d'Isabelle rassuré, mais habité d'un sentiment d'urgence. Je sais maintenant que c'est lundi que seront révélés au monde les crimes de Toussaint Magloire. Mais cela veut aussi dire qu'il ne me reste que quelques heures pour mettre mon plan à exécution.

— Ne t'endors pas, Alex.

Je sursaute et j'ouvre les yeux. Sébastien est assis près de moi. Le soleil est déjà assez haut dans le ciel pour inonder de lumière les Résidences du Colombier. Les bruits de la ville qui s'éveille arrivent jusqu'à nous par les larges fenêtres.

— J'ai dormi longtemps?

— Dix minutes, pas plus, me répond Sébastien.

Je jette un coup d'œil à ma montre. Il est sept heures trente-cinq.

— Dans quelques minutes, le Russe va appeler, dis-je.

— Pourquoi ne lui as-tu pas demandé, hier soir, de venir ce matin à huit heures, comme aux autres?

— Pour ne pas lui laisser le temps d'organiser un guet-apens.

— Crois-tu vraiment qu'il aurait fait cela?

— Je ne le crois pas, j'en suis certain. En ne lui donnant que quinze minutes pour réagir, je l'oblige à prendre des risques. Et c'est comme ça qu'il va se faire prendre.

Je me lève et m'étire un peu. J'ai mal dormi, étendu sur un lit fait d'un plancher de béton, ma tête reposant sur quelques planches de bois.

Pas question de retourner chez moi. En sortant de chez Isabelle, hier soir, j'ai cru, pendant quelques minutes, que le type qui nous surveillait avait disparu. Il n'avait que changé de cachette et m'attendait un coin de rue plus loin. J'ai donc dû, une fois de plus, gaspiller mon temps et mon énergie à le semer.

Mais cela voulait dire que le Russe n'avait pas tenu parole et que mon appartement était aussi sous surveillance. Après avoir récupéré la caisse de fausses poteries, je l'ai apportée ici, dans cet immeuble en construction que Jean-Étienne avait squatté l'espace de quelques nuits.

— Les autres vont arriver bientôt, avertit Sébastien.

— Pourquoi dis-tu «les autres»? Annie va peut-être venir seule. Rien ne nous indique qu'elle a des complices.

— Voyons, Alex, proteste Sébastien. Crois-tu vraiment qu'Annie Duhamel, toute seule, a organisé un trafic d'immigrants doublé d'un trafic de drogue? Elle a nécessairement des complices, peut-être les Filthy Fingers, ou les Satan's Jacks. Peut-être même les deux, qui sait? N'as-tu pas pensé que, dans quelques minutes, ce bâtiment pourrait être infesté de motards?

— Je suis persuadé qu'Annie va venir seule. Elle non plus n'aura pas eu le temps d'organiser quoi que ce soit avec ses complices, si elle en a. Et puis, tu n'étais pas obligé de rester avec moi. J'avais besoin de ton aide pour ces coups de téléphone. Annie aurait sûrement reconnu ma voix, alors qu'elle ne connaît pas la tienne. Pour ce qui est de la suite, je peux m'en occuper tout seul.

— Ça va! Ça va! Es-tu toujours aussi bougon quand tu te réveilles?

Sébastien a un peu raison, malgré tout. Il aurait été plus prudent de préciser à Annie de venir seule. Mais je n'y ai pas pensé. C'est bête, mais c'est comme ça.

Mon cellulaire sonne. Sûrement le Russe.

— Allô?

— *Alexandre, enfin! Alors, tu as encore disparu cette nuit. Comment veux-tu que je te protège si tu te caches de moi?*

C'est bien Dimitri, et le ton mielleux de sa voix dissimule mal sa colère. Il m'étranglerait de ses propres mains si je me trouvais à sa portée.

— On n'a pas le temps de parler de ça, dis-je. Je viens d'apprendre que ceux qui ont organisé le trafic se rencontrent ce matin.

— *Combien seront-ils?*

— Pas nombreux. Deux ou trois, pas plus. Ils auront les échantillons de drogue avec eux.

— *À quelle heure, cette rencontre?*

— C'est ça, le problème. À huit heures pile. Dans quinze minutes.

Le Russe hurle une suite de mots que je ne comprends pas. Probablement l'équivalent, dans sa langue, d'une bordée de jurons.

— Et où cela va-t-il se faire? reprend-il après s'être calmé.

Je lui indique l'adresse des Résidences du Colombier. Il crache une nouvelle série de mots inintelligibles, puis coupe la communication.

— Voilà, dis-je à Sébastien. Mon dernier hameçon est lancé. Il ne reste plus qu'à attendre.

En fait, je devrais plutôt dire qu'il ne me reste plus qu'à prier. Faire venir, presque en même temps, Annie et Dimitri, les obliger à se rencontrer, tout cela comporte un certain risque. Mais je ne vois pas d'autre moyen de forcer le Russe à sortir de sa tanière.

15

LE GUET-APENS

Un bruit de pieds frottant sur le plancher.
Quelques murmures… Je me penche vers
Sébastien et lui chuchote :

— Je crois qu'elle arrive. Va te poster près
du monte-charge. Au signe convenu, appuie
sur le bouton vert pour faire descendre la
plate-forme.

Sans bruit, mon ami se dirige vers son
poste pendant que je prends la direction du
balcon. Je fais les derniers mètres en ram-
pant sur le plancher pour ne pas être vu, et
je me cache derrière une large colonne de
béton, qui me servira d'abri supplémentaire.
D'où je suis, j'ai une vue en plongée sur la
cour intérieure de l'immeuble.

Surprise ! Annie n'est pas seule. Un petit
homme rond et mal rasé l'accompagne, vêtu
d'un pantalon trop ample et d'un tee-shirt
trop serré sur lequel le visage de Mickey
Mouse sourit béatement. Marcel, le comptable des Importations Jeff et Jo, semble

avoir pour l'instant abandonné son rôle habituel de bouffon pour celui de gangster.

— Tu vois bien qu'il n'y a personne ici, rugit-il à l'adresse d'Annie. Tu t'es fait poser un lapin, ma belle.

— Et pourquoi aurait-on fait cela? Celui qui m'a appelé est forcément au courant de notre trafic.

— Qu'est-ce qu'il t'a dit, au juste?

— Je te l'ai déjà dit.

— Eh bien, répète-le! ordonne Marcel. Et dans ses propres mots.

Annie pousse un long soupir, comme si l'effort de mémoire exigé par son comparse était trop important pour un dimanche matin. Les cheveux ramenés derrière la tête en un chignon informe, sans maquillage, affublée d'un gilet mauve qui contraste mal avec son bermuda vert, elle a l'air de quelqu'un qu'on a tiré du lit bien trop tôt en lui annonçant une mauvaise nouvelle. Ce qui est d'ailleurs le cas.

— Il m'a dit d'être ici à huit heures, qu'il avait en sa possession la caisse de poteries, et qu'il voulait discuter de partenariat. Voilà! Tu es content?

— Il a utilisé ce mot? «Partenariat»?

— Ce mot-là, exactement.

— Ce n'est donc pas un de tes petits copains des Satan's Jacks, puisqu'ils sont déjà nos partenaires.

— Par contre, celui qui m'a téléphoné est au courant de l'existence du *Flash Cube*. Et ça, à part mes contacts de la Côte-des-Palmes, il n'y a que toi, moi et les Satan's Jacks qui savent de quoi il s'agit.

— Et comment a-t-il mis la main sur cette caisse? N'était-elle pas censée reposer au fond de l'eau, à Port-Liberté?

— C'est ce que je croyais, moi aussi. Apparemment, elle a fait le voyage jusqu'à Québec.

— En tout cas, quelqu'un s'est ouvert la trappe, et maintenant, on a un beau problème sur les bras.

Je suis avec intérêt cette conversation. Ainsi, Annie et Marcel sont les complices des Satan's Jacks dans l'importation du *Flash Cube*. Belle collaboration! Mes deux compagnons de travail se chargent de l'importer au Québec, et les motards fournissent leur expertise dans l'écoulement de la drogue.

— Ça pourrait être ce Noir, continue Marcel. Celui qui a survécu au massacre.

— Celui qui m'a parlé n'avait aucun accent. C'était un Québécois. Plutôt jeune, je dirais…

— Alex Gauthier, alors. Ce petit crétin aime bien fourrer son nez partout.

— Ce n'était pas sa voix non plus. Et comment saurait-il… ?

— Peu importe qui c'est. Je l'attends de pied ferme.

En disant cela, Marcel sort de sa poche un objet métallique que, même à distance, je reconnais facilement.

— Lâchez ce pistolet !

L'ordre vient d'un peu plus loin. Celui qui l'a lancé se trouve sous le plancher du premier étage, et donc hors de ma vue. Mais cette voix, je la connais, puisque je l'ai entendue au téléphone il y a quelques minutes à peine.

— Je vous ai dit de lâcher ce pistolet ! lance de nouveau Dimitri.

L'arme tombe de la main de Marcel et atterrit sur le plancher dans un bruit sourd, soulevant un nuage de poussière. Annie et lui lèvent lentement les mains jusqu'aux épaules, doigts écartés, paumes vers l'avant, en signe de reddition totale. Le Russe s'avance lentement vers eux. C'est d'abord son revolver qui apparaît, puis tout le personnage sort de l'ombre : un petit homme sec au cheveu rare, à cent lieues de l'image que je me faisais de lui.

— Alors, où est-elle ? demande-t-il, tout en se penchant pour ramasser l'arme de Marcel.

— De quoi parlez-vous ? rétorque Annie.

— De la drogue, évidemment. Où est le *Flash Cube* ?

— Vous devez bien le savoir. N'est-ce pas vous qui m'avez demandé de venir ici, ce matin ?

— Pas du tout !

— Alors, que faites-vous ici ? Qui vous a mis au courant ?

— Calme-toi, bébé ! C'est moi qui pose les questions, répond Dimitri en approchant son arme tout près du visage d'Annie.

Pendant qu'ils essaient de comprendre ce qui leur arrive, je décide que le moment est venu de leur fournir un nouveau sujet de conversation. Je fais à Sébastien le signe convenu, poing fermé, pouce vers le haut. Immédiatement, le monte-charge prend le chemin du rez-de-chaussée avec sa cargaison : une seule et unique caisse.

— Qu'est-ce qui se passe ? s'écrie Dimitri en pointant ses deux armes vers le monte-charge. Quel est ce bruit ?

Au bout de quelques secondes, la plateforme atteint le sol, et tout redevient silencieux.

— Sortez de là ! beugle le Russe.

Personne ne lui répond, évidemment. D'un geste nerveux, il ordonne à Marcel d'ouvrir la porte du monte-charge. L'autre obéit, écartant les grilles de la première porte sur les côtés. Obéissant à l'ordre du Russe, Marcel sort la boîte du monte-charge, l'ouvre, puis s'écarte. Dimitri remet une de ses armes dans sa poche, puis plonge sa main dans la caisse de poteries, en ressort un bol qu'il fait tournoyer dans un rayon de soleil.

— Parfaite imitation ! s'exclame-t-il, fasciné. Mon informateur ne m'avait pas menti : on jurerait de la véritable céramique. Que diriez-vous d'une association ? Vous importez la drogue, et moi, je m'occupe de la distribution.

— Premièrement, répond Marcel, nous n'avons pas l'habitude de négocier avec des inconnus, encore moins sous la menace d'une arme.

— Pardonnez-moi, répond Dimitri en abaissant son revolver, qu'il garde cependant dans sa main. J'oublie parfois les bonnes manières. Vous pouvez m'appeler Stan.

— Deuxièmement, Stan, nous avons déjà des associés pour la distribution.

— Vous leur direz que vous n'avez plus besoin d'eux, c'est tout.

— Je ne crois pas, intervient Annie, que les Satan's Jacks acceptent d'être congédiés aussi facilement.

— Cette bande d'amateurs? rétorque le Russe, faisant mine d'ignorer le regard de réprobation que Marcel lance en direction d'Annie. Ils n'ont aucun sens des affaires. Croyez-moi, nous trois et le *Flash Cube*, c'est tout ce qu'il faut pour conquérir l'Amérique.

— Police! Lâchez votre arme, vous êtes cernés!

Ce cri arrive à mes oreilles comme une délivrance. Le Russe, Dimitri ou Stan, peu importe son nom, va passer les prochaines années derrière les barreaux d'une cellule. Ma famille et mes amis seront hors de sa portée. J'en pleurerais presque.

Le lieutenant Boiteau a donc pris mon appel au sérieux. Je commençais à m'inquiéter. Immédiatement après que Sébastien eut parlé à Annie, ce matin, j'ai communiqué avec le lieutenant. J'ai bien insisté, donnant le maximum de détails sur la drogue, sa provenance et les liens qu'il pourrait établir avec le massacre des clandestins. Et en croisant les doigts pour qu'il ne pense pas à un canular.

— ALEXANDRRRRE!

C'est tout à la fois une plainte, un cri de rage, presque un hurlement.

— Je sais que tu m'écoutes, Alexandre! vocifère Dimitri-Stan. Je sais que c'est toi qui as manigancé tout cela. Mais je te retrouverai, Alexandre. Et tu paieras cher pour ta trahison.

Il peut dire ce qu'il veut. Je m'en moque. Je m'éloigne du balcon et trouve, dans le mur tout au fond de la pièce, un renfoncement dans l'ombre duquel je me glisse. Sébastien vient m'y rejoindre et nous restons là, sans parler. Je n'entends plus hurler le Russe. On l'a probablement conduit au poste de police, avec Annie et Marcel.

Au bout de quelques minutes, j'entends le lieutenant Boiteau crier à un de ses adjoints:

— Je vais aller voir aux autres étages s'il y a quelqu'un.

Il nous trouve, bien évidemment. Nous ne faisons d'ailleurs aucun effort pour nous cacher.

— C'est plutôt idiot, ce que tu as fait, me dit-il.

— Je n'avais pas vraiment le choix. Ce type, ce Russe, menaçait de s'en prendre à ma famille et à mes amis.

— Qu'avait-il à voir au juste avec la drogue?

— Au départ, c'est probablement le trafic d'immigrants qui l'intéressait. Peut-être avait-il déjà eu l'intention de faire ce trafic lui-même, et il s'est demandé qui avait eu la même idée que lui. Il m'a vu à la télé et a retrouvé ma trace. Il a cru que je pourrais lui fournir des renseignements parce que je connais Jean-Étienne Crèvecœur et que je travaille chez Jeff et Jo. La drogue, c'est juste le moyen que j'ai trouvé pour l'appâter, le pousser à sortir de sa cachette.

— Et elle vient d'où, cette drogue?

Je lui raconte comment j'ai trouvé le disque compact que Jean-Étienne avait caché chez moi, lui parle de ma rencontre avec Maryse Dambreville.

— À un certain moment, madame Dambreville a parlé de la facilité avec laquelle le *Flash Cube* pouvait prendre toutes sortes de formes, et elle a mentionné la poterie. En un éclair, j'ai compris. Je savais qu'Annie avait commandé une caisse de poteries de la Côte-des-Palmes, un prétendu «nouveau produit» qu'elle désirait lancer sur le marché québécois. Je savais aussi qu'elle se rendait souvent à Port-Liberté, où elle s'était bâti tout un réseau de contacts.

— Elle figurait évidemment en tête de notre liste de suspects, dit le lieutenant. Mais, faute de budget, il nous était difficile d'aller recueillir des témoignages à Port-Liberté. Notre enquête piétinait. Qu'est-ce qui t'a convaincu qu'elle était responsable du trafic?

— Je me suis rappelé sa déception à l'annonce de la perte de cette caisse et de son contenu, déception qui m'avait paru sans rapport avec la valeur réelle de la perte. J'ai compris alors que ma sympathique collègue de bureau utilisait les Importations Jeff et Jo comme paravent pour importer de la drogue.

— Et le comptable, Marcel? Et les Satan's Jacks? Quand as-tu compris qu'ils étaient impliqués?

— En même temps que vous, tout à l'heure. Ça a été une surprise pour moi, surtout de voir Marcel ici. Quant aux Satan's Jacks, on avait déjà émis l'hypothèse qu'ils pouvaient être mêlés à cette histoire. Mais sans preuve tangible, ça n'était justement que ça: une hypothèse. On sait maintenant comment ils pensaient opérer, Annie et Marcel s'occupant de faire entrer la drogue au Québec, les motards se chargeant de l'écouler sur le marché nord-américain. Pour que tout paraisse normal, ils auraient même pu créer une fausse chaîne de boutiques de décoration, qui aurait servi, en quelque sorte, de paravent à toute l'organisation.

Je continue avec le récit de ma rencontre avec Albert Lacombe. Le lieutenant m'écoute en hochant parfois la tête, et grogne un peu quand je mentionne l'incendie de la roulotte, sur le chantier. À la fin, il pousse un long soupir.

— Si je comprends bien, tu as été pris dans un incendie et tu n'as pas appelé les pompiers, tu avais des contacts avec un immigrant illégal en fuite, et tu as gardé une caisse bourrée de drogue au lieu d'en avertir immédiatement les policiers. Franchement, Alex, je ne sais pas ce que je dois faire de toi ! Pourquoi n'es-tu pas venu me voir ?

— Je suis allé vous voir, avec Isabelle, juste après l'agression dont j'avais été victime. Vous ne vous rappelez pas ? Vous m'aviez alors répondu que vous ne pouviez pas faire grand-chose pour moi. Alors, je me suis occupé de mes problèmes tout seul.

Il semble un peu embarrassé, se gratte le front en marmonnant un embryon d'excuse.

— Tu as parlé de gangs de motards, tout à l'heure. On a trouvé deux corps, ce matin, à l'aube. Ceux de Charles Drolet et de Denis Moisan. Criblés de balles, tous les deux. Mais il s'agit de membres des Filthy Fingers, pas des Satan's Jacks

— Les deux derniers membres fonda-teurs du club ! s'étonne Sébastien.

— Ils sont allés rejoindre leurs copains en enfer, ricane le lieutenant.

— Ça ne semble pas vous émouvoir beaucoup.

— Je réserve ma capacité à m'émouvoir pour les gens qui en valent la peine, c'est tout.

— Savez-vous pourquoi ils sont morts? continue Sébastien.

— Victimes d'un groupe rival ou d'une purge interne, on ne le saura peut-être jamais.

— Albert Lacombe avait des liens avec les Filthy Fingers, dis-je. Mais cela, vous le saviez déjà.

— Nous le savions, oui. Mais cela ne prouve pas qu'il y ait un lien entre toutes ces histoires. Et surtout, ça ne me dit pas qui est le responsable du massacre des clandestins.

— Il y a beaucoup de questions en suspens.

— C'est une chose avec laquelle j'ai appris à vivre. Dans le métier de policier, il y a toujours plus de questions que de réponses.

— Deux motards assassinés, des trafiquants arrêtés… Vous ne chômez pas!

— J'ai connu des dimanches matin plus calmes, en effet.

16

MEGAN L.

Barricadé dans mon appartement, j'écoute la sonnerie de mon téléphone, posé devant moi sur la table. Déjà cinq fois que l'intro de *L'Hymne à la joie* retentit. Je devrais répondre, mais je dois d'abord réfléchir.

Depuis dimanche dernier, la poussière a eu le temps de retomber un peu. Nous sommes jeudi. Il y a quatre jours maintenant que le Russe est en prison, hors d'état de me nuire. Il ne m'appellera plus. Je n'ai donc aucune raison valable pour ne pas répondre à cet appel. Pourtant…

Sept sonneries, maintenant. Il a dit que je paierais pour ma trahison. Il a sûrement encore des amis en liberté. L'un d'eux veut-il vérifier si je suis chez moi pour venir réclamer le paiement de ma dette? Tant pis, je prends le risque.

— *Où étais-tu? À l'autre bout de la ville?*

C'est la voix d'Isabelle. Je peux recommencer à respirer. La fin du monde n'est pas pour aujourd'hui.

— Je n'étais pas sûr d'avoir envie de répondre, c'est tout.

— *Désolée de te déranger ! Je sais que tu es passé par de dures épreuves, ces derniers jours. Tu aimerais en parler ?*

— Si c'est une demande d'entrevue, c'est non ! J'ai déjà donné.

— *Et moi qui pensais que tu allais être fou de joie à l'idée d'entendre toutes les bonnes nouvelles que j'ai pour toi. Je peux rappeler plus tard, si tu préfères…*

— Dis toujours…

— *Commençons par le type que tu appelais le Russe. Tu vois de qui je parle ?*

— Ouais !

— *D'abord, il n'est pas russe du tout. C'est un Polonais et il s'appelle Stanislas Lipsky. Recherché, entre autres, pour meurtre en Pologne et pour trafic de drogue aux États-Unis. Quand il aura fini de purger des peines de prison dans tous les pays où il a commis ses crimes, il devrait avoir quelque chose comme trois cent cinquante-sept ans. Alors, ton moral est-il à la hausse ?*

— Il s'améliore. Qu'est-ce que tu as d'autre ?

— *Annie et Marcel ont décidé de passer aux aveux. Le trafic des immigrants, le commerce du*

Flash Cube, *ils ont tout confessé. C'est assez ironique de penser que, alors qu'ils tentaient de mettre sur pied un trafic de drogue, ils faisaient entrer au pays un immigrant clandestin qui avait sur lui les documents permettant de mettre fin à toutes leurs combines.*

— Mais ça laisse tout de même en suspens la question principale : qui a tué les clandestins ?

— *Ils ont tous deux affirmé qu'ils n'y étaient pour rien. J'aurais plutôt tendance à les croire, puisqu'ils n'avaient aucun intérêt à poser un tel geste. Ils semblent d'ailleurs prêts à faire des aveux complets, puisqu'ils ont même avoué des crimes pour lesquels il n'y avait eu aucune plainte de déposée. Entre autres, ils ont admis avoir essayé de t'intimider. Une agression armée et masquée. Tu ne m'avais pas parlé de ça.*

— C'était juste après que tu as identifié Albert Lacombe sur les photos. J'étais avec Sébastien quand c'est arrivé. C'étaient donc eux ! Ils avaient l'air de deux amateurs. D'autres bonnes nouvelles ?

— *Toussaint Magloire a été capturé cette nuit alors qu'il tentait de fuir son pays avec quelques valises bourrées d'argent.*

— Donc, la conférence de presse de Maryse Dambreville, lundi passé, a fait son effet.

— *L'indignation a été générale dans les pays concernés. Le président des États-Unis en personne s'est senti obligé de désavouer le régime en place en Côte-des-Palmes. De plus, on croit maintenant que c'est Toussaint Magloire lui-même qui aurait organisé le trafic d'immigrants.*

— Quel intérêt y voyait-il ?

— *À une certaine époque, il avait désespérément besoin d'argent, entre autres pour financer ses recherches sur le* Flash Cube. *En ordonnant à un de ses fonctionnaires de contacter Annie Duhamel afin de mettre sur pied ce trafic, il se débarrassait de quelques opposants politiques de moindre importance, en même temps qu'il engrangeait des devises étrangères.*

— Ce sont finalement les exilés eux-mêmes qui, sans le savoir, finançaient celui qui les persécutait.

— *Exact ! Magloire aurait aussi commandé l'attentat à la bombe contre ce même fonctionnaire, celui que Jean-Étienne désignait sous le nom de Petit-Serpent.*

— Pour quoi faire ?

— *En faisant sauter, littéralement, le plus important maillon de la chaîne qui pouvait mener jusqu'à lui, il se mettait à l'abri.*

— Annie et Marcel ne devaient même pas savoir avec quel genre de monstre ils transigeaient réellement. Mais, dis-moi, comment as-tu pu apprendre autant de choses en si peu de temps?

— *Donatien Servant a convoqué sa propre conférence de presse. Il a révélé tout ça, puis il a essayé de tout mettre sur le dos de Magloire, son ancien patron, dans l'espoir, je présume, de diminuer sa propre responsabilité.*

— J'espère qu'il ne s'en tirera pas aussi facilement.

— *Le gouvernement lui a déjà retiré son passeport, pour l'empêcher de fuir à l'étranger. J'ai l'impression que si le lieutenant Boiteau arrive à le relier au projet d'importation de* Flash Cube *dans notre pays, ambassadeur ou pas, il aura des comptes à rendre. Mais tout ça était dans les journaux et dans mes reportages à Info Plus. Tu ne t'informes donc plus?*

— Disons que, depuis quatre jours, je me suis plutôt replié sur moi-même, c'est vrai. Oh! Peux-tu attendre quelques instants? J'ai entendu un bruit dehors.

Comme un léger frottement de pieds dans l'escalier, en fait. J'aurais pu ne pas l'entendre, mais ces derniers jours, j'ai développé une sensibilité particulière aux bruits suspects. Je me lève et j'entrebâille la porte qui donne sur l'escalier, prêt à la refermer au besoin. J'ai juste le temps de voir un livreur de dépliants publicitaires s'éloigner dans la rue, puis disparaître en passant le coin du bâtiment voisin.

Je descends ramasser les journaux qui encombrent ma boîte aux lettres, avec la dizaine d'enveloppes qui s'y trouvent. Je fais un paquet avec le tout, puis remonte en courant vers mon appartement.

— Es-tu toujours là ? dis-je à Isabelle en reprenant le combiné du téléphone.

— *Rien de grave, j'espère ? Tu semblais inquiet.*

— J'ai vidé ma boîte aux lettres, c'est tout. J'avais pensé que c'était peut-être Stéphanie. Nous devons nous rendre à l'aéroport, tous les deux, pour midi. La dernière fois qu'on s'est vus, il est resté comme un malentendu entre nous…

— *Ça ne me regarde pas, mais tu devrais t'expliquer avec elle. Ne laisse pas traîner ce genre d'ambiguïté entre vous deux.*

Tout en bavardant, j'entreprends de classer le contenu de ma boîte aux lettres. Une pile pour la publicité, de loin la plus importante, une autre pour le courrier sans intérêt, comme les factures, et une encore pour le courrier intéressant. Cette dernière ne compte qu'une seule lettre en provenance, d'après l'adresse de retour, de mes parents.

Sur le carrelage de la cuisine, un feuillet, plié en deux, est tombé. Je le ramasse et, alors que je m'apprête à le poser sur le dessus de la pile de dépliants publicitaires, je découvre qu'il s'agit d'un message écrit à la mine, d'une écriture appliquée.

Venez me rencontrer aux Vergers du Souvenir, au 2558, rue Jolicœur, aujourd'hui à quatorze heures. Megan L.

17

LE CŒUR DES VIVANTS

Derrière la grande baie vitrée de l'aéroport, plusieurs avions sont stationnés. D'autres décollent ou atterrissent, pendant qu'à l'intérieur de l'aérogare, je contemple ce va-et-vient.

— J'aimerais partir. Faire un voyage, me changer les idées. Pas toi?

Stéphanie ne dit rien et se contente de me regarder sans sourire.

— M'en veux-tu encore?

— Oui… Non… Je ne sais pas. Tu ne m'as pas fait confiance. C'est ça qui fait le plus mal.

— Je t'ai pourtant expliqué par quoi je suis passé. J'étais menacé par ce type. En plus, il promettait de s'en prendre à tous ceux que j'aime. T'en parler n'aurait servi qu'à t'inquiéter. J'étais déjà inquiet pour deux, je te le jure.

— Tu as préféré me tenir dans l'ignorance de quelque chose qui me concernait directement. Vas-tu faire pareil chaque fois qu'une difficulté se présentera dans ta vie ?

— Je ne voulais pas que tu aies mal, c'est tout.

— Eh bien, c'est raté. Maintenant, j'ai mal.

Elle réfléchit quelques instants, puis secoue la tête et regarde ailleurs. Je mets sa main dans la mienne. Elle ne la retire pas, ce qui est bon signe.

Je sais qu'elle a raison. Que j'aurais dû… Qu'il aurait fallu… J'ai essayé de régler mes problèmes tout seul. Ça aurait pu mal tourner. J'ai eu de la chance.

« *Monsieur Alexandre Gauthier est demandé au bureau de la sécurité de l'aéroport.* »

C'est l'appel que nous attendions. La raison de notre présence ici. Nous nous levons et nous dirigeons vers le bureau. Un agent de sécurité nous guide vers une petite pièce, un peu à l'écart. Nous entrons.

Jean-Étienne nous accueille, souriant et rasé de frais. Il se lève pour nous saluer, provoquant auprès des deux personnages cravatés qui l'encadrent un bizarre tressaillement nerveux, comme s'il pouvait tout à coup bondir hors de la pièce, à travers le plafond, et s'échapper.

— Ne vous occupez pas d'eux, nous lance-t-il. Ce sont des agents de l'immigration. Ils ont tellement peur que je ne retourne pas à Port-Liberté qu'ils ne me lâchent pas d'une semelle.

— Je ne vois pas de quoi ils pourraient avoir peur, dis-je. Après tout, tu as accepté de ton plein gré de retourner dans ton pays. Mais ne vont-ils pas te remettre en prison, là-bas ?

— Pas pour longtemps. Maintenant que Magloire est parti, le gouvernement provisoire a décidé de surseoir aux exécutions des condamnés à mort. On parle même d'une amnistie générale pour les prisonniers politiques.

— Et les charges qui pesaient contre toi, ici ?

— Quand les agents du ministère de l'Immigration ont appris que j'acceptais de retourner dans mon pays sans faire d'histoire, ils étaient tellement contents qu'ils ont décidé de les laisser tomber. J'ai posé une condition, tout de même. J'ai exigé de te revoir une dernière fois, pour te remercier. C'est une nouvelle ère qui commence pour mon pays. Et c'est un peu grâce à toi.

— N'insiste pas trop là-dessus, rétorque Stéphanie. Il risque de s'enfler la tête et de convoquer une conférence de presse.

— Ça va, j'ai compris, dis-je. Mais le reste de l'univers n'a pas besoin de savoir que je suis le roi des vaniteux.

— Ce qui est important, c'est que tu l'admettes.

Amusé, Jean-Étienne s'interpose.

— Holà, les amoureux! Vous n'allez tout de même pas vous quereller en cette superbe journée, le plus beau jour de ma vie, le jour où je retourne dans mon pays.

— Pour l'instant, c'est l'anarchie dans ton pays, dis-je, de nouveau sérieux. Tu n'as pas peur pour ta sécurité?

— Évidemment que j'ai peur pour ma sécurité. Qu'est-ce que tu crois! Je vais sûrement me retrouver en prison pour un temps. Et Dieu seul sait ce qui peut arriver après ça.

— Et s'il n'y avait pas d'amnistie?

— Je dois courir ce risque. Les choses commencent à changer, dans mon pays. Je veux faire partie de ce changement. Et franchement, avec tous les fous furieux qui courent après moi ici, je vais être bien plus en sécurité à Port-Liberté.

Il éclate de rire alors qu'un employé de l'aéroport entre dans la pièce pour lui annoncer qu'il est temps de monter dans l'avion. Jean-Étienne prend nos mains à tour de rôle et les serre longuement.

— Merci, mes amis! Merci pour tout! Surtout, Alex, n'oublie jamais à quelle race tu appartiens. Et prends bien soin de ceux que tu aimes.

— Alors, dis-je, c'est le moment des adieux?

— Pourquoi « des adieux »? s'offusque Jean-Étienne pendant que ses deux gardiens l'entraînent vers la sortie. Tu pourras venir me visiter, quand je sortirai de prison. Ils vont bien finir par rouvrir l'université, non? Alors, tous les espoirs sont permis!

À l'entrée des Vergers du Souvenir, une enseigne me précise la vocation du lieu : « Résidence funéraire ». Je pénètre dans un grand parc planté d'arbres qui filtrent agréablement les rayons du soleil, leurs feuilles animées d'un léger frémissement sous l'action du vent. Une journée idéale pour un enterrement.

Je n'aperçois nulle part de cimetière, mais avec tous ces arbres, je ne peux pas voir bien loin. Plusieurs sentiers prennent naissance à l'entrée du parc et se dispersent dans toutes les directions. J'en choisis un qui semble mener vers un bâtiment bas en bois et en briques, aux lignes modernes.

Megan Lacombe veut me rencontrer. Pourquoi ici? La réponse est simple, mais elle ne m'apprend rien de ses véritables intentions. Son père est mort, il y a de cela quelques jours à peine et il a dû être enterré en ce lieu. Peut-être lui a-t-il parlé de moi. Qu'a-t-il pu lui dire à mon sujet?

À l'entrée du bâtiment, je consulte un tableau sur lequel est indiqué l'horaire des cérémonies de la journée. Celle d'Albert Lacombe était prévue pour treize heures, alors que l'invitation de Megan Lacombe était pour quatorze heures. Je n'étais donc pas invité aux funérailles du type qui a essayé de me tuer, ce qui, d'une certaine façon, me rassure.

Je note tout de même le numéro de la salle où elles devaient avoir lieu et pénètre dans le bâtiment. Passé le hall d'entrée où une plaque de bronze m'apprend que je suis dans un columbarium, je m'enfonce dans un labyrinthe de couloirs dont les murs sont couverts de niches jusqu'au plafond. Certaines d'entre elles sont vides. D'autres sont occupées par des urnes funéraires, souvent en bronze, parfois en marbre ou en porcelaine.

Quelques rares visiteurs arpentent, comme moi, le dédale de cette nécropole. Au détour d'un couloir, je vois Megan, assise sur un des bancs de granit qui meublent le centre de l'allée. Elle a les yeux baissés dans une attitude de recueillement. Je n'ose pas l'importuner et j'observe pendant quelques instants cette silhouette fantomatique au visage encore plus pâle qu'à la télé. Elle est toujours vêtue de noir, mais en plus chic, plus soigné.

Je m'assieds, sans bruit, à l'autre bout du banc. Elle a senti ma présence et lève les yeux vers moi. Aucune expression de surprise dans ce regard, ni de colère non plus.

— Je suis un peu en retard, dis-je.

— Je savais que tu me trouverais.

— Je suis désolé pour ton père.

Elle semble, pour quelques instants, troublée. Elle murmure un faible «merci», peu convaincant, accompagné d'une moue qui pourrait vouloir dire: «Tout le monde me dit la même chose, mais ça ne change rien, mon père est quand même mort.» J'aurais aimé trouver quelque chose de plus original, mais sur le sujet de la mort, tout semble avoir été dit avant même que je naisse.

Elle me montre une niche à mi-hauteur, sur le mur.

— Il est là.

Je me lève et m'approche. La niche est occupée par une urne de bronze coulée en forme de livre ouvert. Sur la page de droite, ces mots: «Le vrai tombeau des morts, c'est le cœur des vivants.»

— C'est moi qui ai choisi le texte. C'est de Jean Cocteau.

— Ah !

Je retourne m'asseoir sur le banc de granit. Megan sort de son sac à main une enveloppe et me la tend.

— Tiens ! Mon père m'avait donné ça pour toi, la dernière fois que je l'ai vu. J'aurais pu la laisser dans ta boîte aux lettres, mais il avait insisté pour que je te la remette en main propre, s'il lui arrivait quelque chose. Ma mère et moi quittons Québec ce soir pour quelques semaines, c'est pourquoi je t'ai demandé de venir ici.

Je prends l'enveloppe sur laquelle mon nom et mon adresse sont écrits. Megan se lève, met un peu d'ordre dans sa tenue, s'apprête à quitter les lieux, puis se ravise et se retourne vers moi.

— Je me rappelle que quand j'étais petite et que ma mère travaillait le soir, c'est lui qui m'aidait à faire mes devoirs, et venait me border dans mon lit. Puis, quand ma mère rentrait, c'était son tour à lui de partir travailler au port. C'est le souvenir que je garderai de lui. Ce n'est pas parce qu'on est pauvre qu'on a de mauvais parents.

Ces derniers mots s'étranglent dans sa gorge. Elle hésite, fait mine encore de partir, mais ajoute :

— Je ne sais pas quels étaient les liens entre mon père et toi, et franchement, ça ne m'intéresse pas. Il fréquentait un tas de gens plus ou moins recommandables, c'est vrai. Mais il a payé pour un crime qu'il n'a pas commis. Ça, je le sais. Le reste n'a aucune importance.

Elle s'avance vers la niche où repose le livre de bronze contenant les cendres de son père. Sa main s'approche et flotte quelques instants près de l'urne, hésitante, puis retombe. Enfin, Megan Lacombe s'éloigne à pas précipités, sans se retourner, et disparaît au bout de l'allée.

Bientôt, en Côte-des-Palmes, d'autres funérailles seront célébrées. Les corps des clandestins assassinés dans le conteneur ont dû être rapatriés. Auront-ils droit, eux aussi, au repos éternel dans une urne de marbre ou de bronze ? Ou devront-ils se contenter de la fosse commune et de l'oubli ?

Je reste assis, seul sur le banc de granit, retournant l'enveloppe entre mes mains. Finalement, je l'ouvre et j'en extrais deux feuilles de papier ligné. Le rebord gauche en est déchiré, comme si on les avait arrachées d'un quelconque cahier d'école. Je déchiffre avec peine les mots écrits à la hâte, d'une écriture maladroite.

Si tu lis ces lignes, Alex, c'est qu'ils m'ont trouvé. Ce qui n'est pas une si mauvaise chose, remarque, parce que comme ça, ils cesseront peut-être de menacer ma famille.

D'abord, je veux que tu saches que je n'ai jamais voulu te tuer. Ce qui est arrivé sur le chantier, l'autre jour, c'était un accident. Je voulais juste te faire peur. J'avais l'intention d'aller t'ouvrir la porte, quand quelqu'un est sorti je ne sais pas d'où, et l'a fait à ma place. Je ne désirais pas ta mort, juste que tu arrêtes de te mêler de mes affaires. Même si tu ne me crois pas, c'est la vérité.

Je vais te dire ce que je voulais raconter à une journaliste, l'autre jour. Je lui avais donné rendez-vous, mais elle a prévenu la police. L'endroit grouillait de policiers quand je suis arrivé. C'est donc à toi que j'ai choisi de révéler ce qui s'est passé la nuit où j'ai trouvé les clandestins.

Quand j'ai entendu un gémissement provenant d'un conteneur, j'ai brisé le cadenas qui maintenait la porte fermée. Mais je savais d'avance ce que j'allais trouver. Parce que c'était déjà arrivé, avant, qu'on découvre un type ou deux, souvent des Noirs, cachés sur un bateau. Et alors on peut penser qu'ils ont fait ça, comme on dit, de leur propre initiative. Mais là, c'était la tribu au grand complet! Et pour ce genre de trafic, ça prend un groupe bien organisé.

Alors j'ai appelé Fucké Drolet et Zorro Moisan, les leaders des Filthy Fingers, pour qu'ils sachent qu'un autre groupe était actif sur leur territoire, que ce n'était pas normal, vu que c'est leur territoire. Ils n'étaient pas contents que je les dérange en plein milieu d'un party. Ils sont venus quand même.

J'avais pensé qu'ils poseraient des questions, histoire de savoir qui organisait ça. Ils ont juste sorti leurs fusils, ils étaient défoncés, complètement ivres, ils tiraient partout en riant. Quand ils ont eu fini, Zorro a sorti un couteau et a coupé l'oreille d'un des morts. Il l'a mise dans sa poche en disant que c'était leur trophée, leur preuve, et qu'avec ça, ils deviendraient sûrement membres des Satan's Jacks.

Ils m'ont dit de me taire, que je serais récompensé, que j'aurais ma chance avec les Filthy Fingers. Mais ils ont bien menti, et maintenant ils savent que je veux dire tout ce que je sais.

Puisque tu lis cette lettre, c'est qu'ils m'ont trouvé. Alors, fais-en ce que tu veux. C'est Charles Drolet et Denis Moisan qui ont tout fait.

Albert Lacombe

Au moins, ma crainte d'avoir été à l'origine du meurtre d'Albert Lacombe n'était pas fondée. Ce n'est pas Stanislas Lipsky qui l'a tué, mais ses propres « amis » des Filthy Fingers.

Tous ces cadavres pour une promotion! Toutes ces morts inutiles, juste pour permettre aux deux motards d'accéder au «grand club» et de changer l'écusson au dos de leur veste de cuir.

Mais les deux membres des Filthy Fingers ignoraient qu'il y avait aussi, dans ce conteneur, une nouvelle drogue qui devait rendre richissimes les Satan's Jacks. Quand ces derniers ont vu leurs deux recrues brandissant une oreille noire comme preuve qu'ils avaient bien commis des meurtres, ils ont compris qu'ils étaient à l'origine de l'échec de leur projet.

Qu'ont-ils fait alors? Leur ont-ils ordonné de se débarrasser de Lacombe en leur faisant miroiter la possibilité d'un pardon, pour les tuer froidement par la suite?

Je replie les feuilles, les replace dans l'enveloppe. Le lieutenant Boiteau saura ce qu'il faut en faire.

Le nom d'Albert Lacombe s'est ajouté à la liste des victimes parce qu'il voulait se mettre à table. Et ceux qui l'ont éliminé ne seront jamais conduits devant leurs juges, ne paieront pas pour leur crime. D'autres se sont assurés qu'ils ne parleraient jamais.

Ce fleuve de sang ne cessera-t-il jamais de couler?

Table des matières

Les titres de la collection Atout

* Lecture facile   ** Lecture intermédiaire   *** Lecture difficile